Zu diesem Buch

Wolfgang Borchert ist nur 26 Jahre alt geworden. Er starb am 20. November 1947 in Basel; am Tag darauf wurde sein Drama «Draußen vor der Tür» in Hamburg uraufgeführt. Hier ist er auch geboren, am 20. Mai 1921. Er wurde Buchhändler, dann Schauspieler in Lüneburg und kam 1941 an die Ostfront. Briefliche Äußerungen, die den Staat der Willkür angeblich gefährdeten, brachten ihm, dem schwer an Gelbsucht und Diphtherie Erkrankten, acht Monate Haft in einem Nürnberger Militärgefängnis ein. Er wurde zum Tode verurteilt, dann aber «zwecks Bewährung» an die Ostfront verschickt. Als er wegen seiner angegriffenen Gesundheit als untauglich entlassen wurde, trug Borchert in Hamburger Kabaretts Gedichte vor, kam aber bald wieder in ein Gefängnis, diesmal nach Berlin-Moabit; er konnte nicht schweigen. 1945 kehrte er in die Trümmer Hamburgs zurück, chronisch fieberkrank, gebrochen. Zwar arbeitete er noch als Regieassistent und Kabarettist, schrieb Erzählungen und Gedichte, aber dann ging es nicht mehr: Freunde verschafften dem Todkranken einen Kuraufenthalt in der Schweiz, der jedoch zu spät kam. Zwei knappe Jahre blieben Wolfgang Borchert zum Schreiben, und tatsächlich dichtete er wie im Wettlauf mit dem Tode. Seine Geschichten, jede Szene seines Theaterstücks «Draußen vor der Tür» und vieles, was er sonst schrieb, handeln vom Elend der Hungernden und Kriegskrüppel, von Heimkehrern und Heimatlosen, von denen insgesamt, die der Krieg, «das seuchige, kraftstrotzende Tier», verunstaltete und verdarb. Ein leidenschaftlicher, besessener junger Mensch war am Werk, der seismographisch jede Erregung notierte, vom Kanonendonner bis zum Zittern einer Mädchenhand. Dem «Gesamtwerk» (Rowohlt 1949) ist diese Auswahl entnommen. Sie ist vor allem für die bestimmt, welche jetzt so alt sein mögen, wie Wolfgang Borchert war, als er zum erstenmal in den Kerker geworfen wurde. 1962 erschien ein Band nachgelassener Geschichten unter dem Titel «Die traurigen Geranien», herausgegeben von Peter Rühmkorf (rororo Nr. 975). Borcherts Briefe, ergänzt durch Rezensionen zur Nachkriegsliteratur sowie eine Auswahl nur verstreut oder zuvor nicht publizierter Gedichte, erschienen 1996 unter dem Titel «Allein mit meinem Schatten und dem Mond» (rororo Nr. 13983).

In der Reihe «rowohlts monographien» erschien als Band 58 eine Darstellung Wolfgang Borcherts mit Selbstzeugnissen und Bilddokumenten von Peter Rühmkorf, die eine ausführliche Bibliographie enthält.

Wolfgang Borchert

DRAUSSEN VOR DER TÜR

und ausgewählte Erzählungen

*Mit einem Nachwort
von Heinrich Böll*

Rowohlt

Umschlaggestaltung Werner Rebhuhn (Hans Quest als Beckmann
in der Uraufführung von «Draußen vor der Tür» in den Hamburger
Kammerspielen, 1947 / Foto: Rosemarie Clausen)

2 333 000–2 352 000 März 1998

Veröffentlicht im Rowohlt Taschenbuch Verlag GmbH, Hamburg,
Januar 1956, mit Genehmigung des
Rowohlt Verlags GmbH, Reinbek bei Hamburg
Das Bühnenstück «Draußen vor der Tür» darf zu Aufführungen,
szenischen Lesungen – auch durch Laienspielgruppen – sowie für Funk-
übertragungen nur benutzt werden, wenn vorher die Aufführungs- bzw.
Senderechte vom Rowohlt Theater Verlag, Reinbek bei Hamburg,
rechtmäßig erworben wurden.
Gesetzt aus der Linotype-Aldus-Buchschrift
und der Palatino (D. Stempel AG)
Gesamtherstellung Clausen & Bosse, Leck
Printed in Germany
ISBN 3 499 10170 x

Kurt Tucholsky, 1890 in Berlin geboren, war einer der bestbekannten, bestgehaßten und bestbezahlten Publizisten der Weimarer Republik. «Tuchos» bissige Satiren, heitere Gedichte, ätzendscharfe Polemiken erschienen unter seinen Pseudonymen Ignaz Wrobel, Peter Panter, Theobald Tiger oder Kaspar Hauser vor allem in der «Weltbühne» – nicht zu vergessen seine zauberhaften Liebesgeschichten *Schloß Gripsholm* und *Rheinsberg*. Er haßte die Dumpfheit der deutschen Beamten, Soldaten, Politiker und besonders der deutschen Richter, und litt zugleich an ihr. Immer häufiger fuhr er nach Paris, um sich «von Deutschland auszuruhen». Seit 1929 lebte er vornehmlich in Schweden. Die Nazis verbrannten seine Bücher und entzogen ihm die Staatsbürgerschaft. «Die Welt», schrieb Tucholsky, «für die wir gearbeitet haben und der wir angehören, existiert nicht mehr.» Am 21. Dezember 1935 nahm er sich in Schweden das Leben.

Eine Auswahl:

Wenn die Igel in der Abendstunde *Gedichte, Lieder und Chansons*
(rororo 5658)

Deutschland, Deutschland über alles
(rororo 4611)

Sprache ist eine Waffe
Sprachglossen
(rororo 12490)

Schloß Gripsholm *Eine Sommergeschichte*
(rororo 4)

Die Q-Tagebücher 1934 – 1935
(rororo 5604)

Briefe aus dem Schweigen 1932 –1935
(rororo 5410)

Unser ungelebtes Leben *Briefe an Mary*
(rororo 12752)

Gesammelte Werke *1907-1932
Herausgegeben von Mary Gerold- Tucholsky und Fritz J. Raddatz
Kassette mit 10 Bänden*
(rororo 29011)

Ein vollständiges Verzeichnis aller lieferbaren Titel von **Kurt Tucholsky** finden Sie in der *Rowohlt Revue*. Vierteljährlich neu. Kostenlos in Ihrer Buchhandlung.

Rowohlt im Internet:
http://www.rowohlt.de

rororo Literatur

Kurt Tucholsky

DRAUSSEN VOR DER TÜR

Ein Stück, das kein Theater spielen und
kein Publikum sehen will

HANS QUEST

GEWIDMET

Borchert schrieb dieses Stück im Spätherbst 1946 in wenigen Tagen. Als Hörspiel wurde es am 13. Februar 1947 zum erstenmal vom Nordwest- deutschen Rundfunk gebracht. Die Sendung wurde mehrmals wiederholt und auch von anderen deutschen Sendern übernommen. Als Bühnenstück erlebte es seine Uraufführung in der Inszenierung Wolfgang Liebeneiners am 21. November 1947, einen Tag nach dem Tode des Dichters, in den Hamburger Kammerspielen. Fast alle bedeutenden deutschen Bühnen haben das Stück in ihren Spielplan aufgenommen. Verfilmt wurde es unter dem Titel «Liebe 47», Regie Wolfgang Liebeneiner. Außerdem wurde es in mehrere europäische Sprachen übersetzt. Als Buch erschien es im November 1947 im Rowohlt Verlag.

DIE PERSONEN SIND

BECKMANN, einer von denen

seine FRAU, die ihn vergaß

deren FREUND, der sie liebt

ein MÄDCHEN, dessen Mann auf einem Bein nach Hause kam

ihr MANN, der tausend Nächte von ihr träumte

ein OBERST, der sehr lustig ist

seine FRAU, die es friert in ihrer warmen Stube

die TOCHTER, gerade beim Abendbrot

deren schneidiger MANN

ein KABARETTDIREKTOR, der mutig sein möchte, aber dann doch lieber feige ist

FRAU KRAMER, die weiter nichts ist als Frau Kramer, und das ist gerade so furchtbar

der alte MANN, an den keiner mehr glaubt

der BEERDIGUNGSUNTERNEHMER mit dem Schluckauf

ein STRASSENFEGER, der gar keiner ist

der ANDERE, den jeder kennt

die ELBE.

Ein Mann kommt nach Deutschland.

Er war lange weg, der Mann. Sehr lange. Vielleicht zu lange. Und er kommt ganz anders wieder, als er wegging. Äußerlich ist er ein naher Verwandter jener Gebilde, die auf den Feldern stehen, um die Vögel (und abends manchmal auch die Menschen) zu erschrecken. Innerlich – auch. Er hat tausend Tage draußen in der Kälte gewartet. Und als Eintrittsgeld mußte er mit seiner Kniescheibe bezahlen. Und nachdem er nun tausend Nächte draußen in der Kälte gewartet hat, kommt er endlich doch noch nach Hause.

Ein Mann kommt nach Deutschland.

Und da erlebt er einen ganz tollen Film. Er muß sich während der Vorstellung mehrmals in den Arm kneifen, denn er weiß nicht, ob er wacht oder träumt. Aber dann sieht er, daß es rechts und links neben ihm noch mehr Leute gibt, die alle dasselbe erleben. Und er denkt, daß es dann doch wohl die Wahrheit sein muß. Ja, und als er dann am Schluß mit leerem Magen und kalten Füßen wieder auf der Straße steht, merkt er, daß es eigentlich nur ein ganz alltäglicher Film war, ein ganz alltäglicher Film. Von einem Mann, der nach Deutschland kommt, einer von denen. Einer von denen, die nach Hause kommen und die dann doch nicht nach Hause kommen, weil für sie kein Zuhause mehr da ist. Und ihr Zuhause ist dann draußen vor der Tür. Ihr Deutschland ist draußen, nachts im Regen, auf der Straße.

Das ist ihr Deutschland.

VORSPIEL

*Der Wind stöhnt. Die Elbe schwappt gegen die Pontons. Es ist
Abend. Der Beerdigungsunternehmer. Gegen den Abendhimmel die
Silhouette eines Menschen*

DER BEERDIGUNGSUNTERNEHMER *(rülpst mehrere Male und sagt dabei jedesmal)*: Rums! Rums! Wie die – Rums! Wie die Fliegen! Wie die
Fliegen, sag ich.

Aha, da steht einer. Da auf dem Ponton. Sieht aus, als ob er Uniform
anhat. Ja, einen alten Soldatenmantel hat er an. Mütze hat er nicht
auf. Seine Haare sind kurz wie eine Bürste. Er steht ziemlich dicht am
Wasser. Beinahe zu dicht am Wasser steht er da. Das ist verdächtig.
Die abends im Dunkeln am Wasser stehn, das sind entweder Liebespaare oder Dichter. Oder das ist einer von der großen grauen Zahl,
die keine Lust mehr haben. Die den Laden hinwerfen und nicht mehr
mitmachen. Scheint auch so einer zu sein von denen, der da auf dem
Ponton. Steht gefährlich dicht am Wasser. Steht ziemlich allein da. Ein
Liebespaar kann es nicht sein, das sind immer zwei. Ein Dichter ist es
auch nicht. Dichter haben längere Haare. Aber dieser hier auf dem
Ponton hat eine Bürste auf dem Kopf. Merkwürdiger Fall, der da auf
dem Ponton, ganz merkwürdig.

(Es gluckst einmal schwer und dunkel auf. Die Silhouette ist verschwunden) Rums! Da! Weg ist er. Reingesprungen. Stand zu dicht
am Wasser. Hat ihn wohl untergekriegt. Und jetzt ist er weg. Rums.
Ein Mensch stirbt. Und? Nichts weiter. Der Wind weht weiter. Die
Elbe quasselt weiter. Die Straßenbahn klingelt weiter. Die Huren liegen weiter weiß und weich in den Fenstern. Herr Kramer dreht sich
auf die andere Seite und schnarcht weiter. Und keine – keine Uhr bleibt
stehen. Rums! Ein Mensch ist gestorben. Und? Nichts weiter. Nur ein
paar kreisförmige Wellen beweisen, daß er mal da war. Aber auch
die haben sich schnell wieder beruhigt. Und wenn die sich verlaufen
haben, dann ist auch er vergessen, verlaufen, spurlos, als ob er nie gewesen wäre. Weiter nichts. Hallo, da weint einer. Merkwürdig. Ein alter Mann steht da und weint. Guten Abend.

DER ALTE MANN *(nicht jämmerlich, sondern erschüttert)*: Kinder! Kinder!
Meine Kinder!

BEERDIGUNGSUNTERNEHMER: Warum weinst du denn, Alter?

DER ALTE MANN: Weil ich es nicht ändern kann, oh, weil ich es nicht ändern kann.

BEERDIGUNGSUNTERNEHMER: Rums! Tschuldigung! Das ist allerdings

9

schlecht. Aber deswegen braucht man doch nicht gleich loszulegen wie eine verlassene Braut. Rums! Tschuldigung!

DER ALTE MANN: Oh, meine Kinder! Es sind doch alles meine Kinder!

BEERDIGUNGSUNTERNEHMER: Oho, wer bist du denn?

DER ALTE MANN: Der Gott, an den keiner mehr glaubt.

BEERDIGUNGSUNTERNEHMER: Und warum weinst du? Rums! Tschuldigung!

GOTT: Weil ich es nicht ändern kann. Sie erschießen sich. Sie hängen sich auf. Sie ersaufen sich. Sie ermorden sich, heute hundert, morgen hunderttausend. Und ich, ich kann es nicht ändern.

BEERDIGUNGSUNTERNEHMER: Finster, finster, Alter. Sehr finster. Aber es glaubt eben keiner mehr an dich, das ist es.

GOTT: Sehr finster. Ich bin der Gott, an den keiner mehr glaubt. Sehr finster. Und ich kann es nicht ändern, meine Kinder, ich kann es nicht ändern. Finster, finster.

BEERDIGUNGSUNTERNEHMER: Rums! Tschuldigung! Wie die Fliegen! Rums! Verflucht!

GOTT: Warum rülpsen Sie denn fortwährend so ekelhaft? Das ist ja entsetzlich!

BEERDIGUNGSUNTERNEHMER: Ja, ja, greulich! Ganz greulich! Berufskrankheit. Ich bin Beerdigungsunternehmer.

GOTT: Der Tod? – Du hast es gut! Du bist der neue Gott. An dich glauben sie. Dich lieben sie. Dich fürchten sie. Du bist unumstößlich. Dich kann keiner leugnen! Keiner lästern. Ja, du hast es gut. Du bist der neue Gott. An dir kommt keiner vorbei. Du bist der neue Gott, Tod, aber du bist fett geworden. Dich hab ich doch ganz anders in Erinnerung. Viel magerer, dürrer, knochiger, du bist aber rund und fett und gut gelaunt. Der alte Tod sah immer so verhungert aus.

TOD: Na ja, ich hab in diesem Jahrhundert ein bißchen Fett angesetzt. Das Geschäft ging gut. Ein Krieg gibt dem andern die Hand. Wie die Fliegen! Wie die Fliegen kleben die Toten an den Wänden dieses Jahrhunderts. Wie die Fliegen liegen sie steif und vertrocknet auf der Fensterbank der Zeit.

GOTT: Aber das Rülpsen? Warum dieses gräßliche Rülpsen?

TOD: Überfressen. Glatt überfressen. Das ist alles. Heutzutage kommt man aus dem Rülpsen gar nicht heraus. Rums! Tschuldigung!

GOTT: Kinder, Kinder. Und ich kann es nicht ändern! Kinder, meine Kinder! *(geht ab)*

TOD: Na, dann gute Nacht, Alter. Geh schlafen. Paß auf, daß du nicht auch noch ins Wasser fällst. Da ist vorhin erst einer reingestiegen. Paß gut auf, Alter. Es ist finster, ganz finster. Rums! Geh nach Haus, Alter. Du änderst es doch nicht. Wein nicht über den, der hier eben Plumps gemacht hat. Der mit dem Soldatenmantel und der Bürstenfrisur. Du weinst dich zugrunde! Die heute abends am Wasser stehen, das sind nicht mehr Liebespaare und Dichter. Der hier, der war nur einer von denen, die nicht mehr wollen oder nicht mehr mögen. Die einfach nicht mehr können, die steigen dann abends irgendwo still ins Wasser. Plumps. Vorbei. Laß ihn, heul nicht, Alter. Du heulst dich zugrunde. Das war nur einer von denen, die nicht mehr können, einer von der großen grauen Zahl ... einer ... nur ...

DER TRAUM

In der Elbe. Eintöniges Klatschen kleiner Wellen. Die Elbe.
Beckmann

BECKMANN: Wo bin ich? Mein Gott, wo bin ich denn hier?

ELBE: Bei mir.

BECKMANN: Bei dir? Und – wer bist du?

ELBE: Wer soll ich denn sein, du Küken, wenn du in St. Pauli von den Landungsbrücken ins Wasser springst?

BECKMANN: Die Elbe?

ELBE: Ja, die. Die Elbe.

BECKMANN *(staunt)*: Du bist die Elbe!

ELBE: Ah, da reißt du deine Kinderaugen auf, wie? Du hast wohl gedacht, ich wäre ein romantisches junges Mädchen mit blaßgrünem Teint? Typ Ophelia mit Wasserrosen im aufgelösten Haar? Du hast am Ende gedacht, du könntest in meinen süßduftenden Lilienarmen die Ewigkeit verbringen. Nee, mein Sohn, das war ein Irrtum von dir. Ich bin weder romantisch noch süßduftend. Ein anständiger Fluß stinkt. Jawohl. Nach Öl und Fisch. Was willst du hier?

BECKMANN: Pennen. Da oben halte ich das nicht mehr aus. Das mache ich nicht mehr mit. Pennen will ich. Tot sein. Mein ganzes Leben lang tot sein. Und pennen. Endlich in Ruhe pennen. Zehntausend Nächte pennen.

ELBE: Du willst auskneifen, du Grünschnabel, was? Du glaubst, du kannst das nicht mehr aushalten, hm? Da oben, wie? Du bildest dir ein, du hast schon genug mitgemacht, du kleiner Stift. Wie alt bist du denn, du verzagter Anfänger?

BECKMANN: Fünfundzwanzig. Und jetzt will ich pennen.

ELBE: Sieh mal, fünfundzwanzig. Und den Rest verpennen. Fünfundzwanzig und bei Nacht und Nebel ins Wasser steigen, weil man nicht mehr kann. Was kannst du denn nicht mehr, du Greis?

BECKMANN: Alles, alles kann ich nicht mehr da oben. Ich kann nicht mehr hungern. Ich kann nicht mehr humpeln und vor meinem Bett stehen und wieder aus dem Haus raushumpeln, weil das Bett besetzt ist. Das Bein, das Bett, das Brot – ich kann das nicht mehr, verstehst du!

ELBE: Nein. Du Rotznase von einem Selbstmörder. Nein, hörst du! Glaubst du etwa, weil deine Frau nicht mehr mit dir spielen will, weil du hinken mußt und weil dein Bauch knurrt, deswegen kannst du hier bei mir untern Rock kriechen? Einfach so ins Wasser jumpen? Du, wenn alle, die Hunger haben, sich ersaufen wollten, dann würde die gute alte Erde kahl wie die Glatze eines Möbelpackers werden, kahl und blank. Nee, gibt es nicht, mein Junge. Bei mir kommst du mit solchen Ausflüchten nicht durch. Bei mir wirst du abgemeldet. Die Hosen sollte man dir stramm ziehen, Kleiner, jawohl! Auch wenn du sechs Jahre Soldat warst. Alle waren das. Und die hinken alle irgendwo. Such dir ein anderes Bett, wenn deins besetzt ist. Ich will dein armseliges bißchen Leben nicht. Du bist mir zu wenig, mein Junge. Laß dir das von einer alten Frau sagen: Lebe erst mal. Laß dich treten. Tritt wieder! Wenn du den Kanal voll hast, hier, bis oben, wenn du lahmgestrampelt bist und wenn dein Herz auf allen vieren angekrochen kommt, dann können wir mal wieder über die Sache reden. Aber jetzt machst du keinen Unsinn, klar? Jetzt verschwindest du hier, mein Goldjunge. Deine kleine Handvoll Leben ist mir verdammt zu wenig. Behalt sie. Ich will sie nicht, du gerade eben Angefangener. Halt den Mund, mein kleiner Menschensohn! Ich will dir was sagen, ganz leise, ins Ohr, du, komm her: ich scheiß auf deinen Selbstmord! Du Säugling. Paß gut auf, was ich mit dir mache. *(laut)* Hallo, Jungens! Werft diesen Kleinen hier bei Blankenese wieder auf den Sand! Er will es nochmal versuchen, hat er mir eben versprochen. Aber sachte, er sagt, er hat ein schlimmes Bein, der Lausebengel, der grüne!

1. SZENE

Abend. Blankenese. Man hört den Wind und das Wasser.
Beckmann. Der Andere

BECKMANN: Wer ist da? Mitten in der Nacht. Hier am Wasser. Hallo! Wer ist denn da?

DER ANDERE: Ich.

BECKMANN: Danke. Und wer ist das: ich?

DER ANDERE: Ich bin der Andere.

BECKMANN: Der Andere? Welcher Andere?

DER ANDERE: Der von gestern. Der von Früher. Der Andere von Immer. Der Jasager. Der Antworter.

BECKMANN: Der von Früher? Von Immer? Du bist der Andere von der Schulbank, von der Eisbahn? Der vom Treppenhaus?

DER ANDERE: Der aus dem Schneesturm bei Smolensk. Und der aus dem Bunker bei Gorodok.

BECKMANN: Und der – der von Stalingrad, der Andere, bist du der auch?

DER ANDERE: Der auch. Und auch der von heute abend. Ich bin auch der Andere von morgen.

BECKMANN: Morgen. Morgen gibt es nicht. Morgen ist ohne dich. Hau ab. Du hast kein Gesicht.

DER ANDERE: Du wirst mich nicht los. Ich bin der Andere, der immer da ist: Morgen. An den Nachmittagen. Im Bett. Nachts.

BECKMANN: Hau ab. Ich hab kein Bett. Ich lieg hier im Dreck.

DER ANDERE: Ich bin auch der vom Dreck. Ich bin immer. Du wirst mich nicht los.

BECKMANN: Du hast kein Gesicht. Geh weg.

DER ANDERE: Du wirst mich nicht los. Ich habe tausend Gesichter. Ich bin die Stimme, die jeder kennt. Ich bin der Andere, der immer da ist. Der andere Mensch, der Antworter. Der lacht, wenn du weinst. Der antreibt, wenn du müde wirst, der Antreiber, der Heimliche, Unbequeme bin ich. Ich bin der Optimist, der an den Bösen das Gute sieht und die Lampen in der finstersten Finsternis. Ich bin der, der glaubt, der lacht, der liebt! Ich bin der, der weitermarschiert, auch wenn gehumpelt wird. Und der Ja sagt, wenn du Nein sagst, der Jasager bin ich. Und der –

BECKMANN: Sag Ja, soviel wie du willst. Geh weg. Ich will dich nicht. Ich sage Nein. Nein. Nein. Geh weg. Ich sage Nein. Hörst du?

DER ANDERE: Ich höre. Deswegen bleibe ich ja hier. Wer bist du denn, du Neinsager?

BECKMANN: Ich heiße Beckmann.

DER ANDERE: Vornamen hast du wohl nicht, Neinsager?

BECKMANN: Nein. Seit gestern. Seit gestern heiße ich nur noch Beckmann. Einfach Beckmann. So wie der Tisch Tisch heißt.

DER ANDERE: Wer sagt Tisch zu dir?

BECKMANN: Meine Frau. Nein, die, die meine Frau war. Ich war nämlich drei Jahre lang weg. In Rußland. Und gestern kam ich wieder nach Hause. Das war das Unglück. Drei Jahre sind viel, weißt du. Beckmann – sagte meine Frau zu mir. Einfach nur Beckmann. Und dabei war man drei Jahre weg. Beckmann sagte sie, wie man zu einem Tisch Tisch sagt. Möbelstück Beckmann. Stell es weg, das Möbelstück Beckmann. Siehst du, deswegen habe ich keinen Vornamen mehr, verstehst du.

DER ANDERE: Und warum liegst du hier nun im Sand? Mitten in der Nacht. Hier am Wasser?

BECKMANN: Weil ich nicht hochkomme. Ich hab mir nämlich ein steifes Bein mitgebracht. So als Andenken. Solche Andenken sind gut, weißt du, sonst vergißt man den Krieg so schnell. Und das wollte ich doch

13

nicht. Dazu war das alles doch zu schön. Kinder, Kinder, war das schön, was?

DER ANDERE: Und deswegen liegst du hier abends am Wasser?

BECKMANN: Ich bin gefallen.

DER ANDERE: Ach. Gefallen. Ins Wasser?

BECKMANN: Nein, nein! Nein, du! Hörst du, ich wollte mich reinfallen lassen. Mit Absicht. Ich konnte es nicht mehr aushalten. Dieses Gehumpel und Gehinke. Und dann die Sache mit der Frau, die meine Frau war. Sagt einfach Beckmann zu mir, so wie man zu Tisch Tisch sagt. Und der andere, der bei ihr war, der hat gegrinst. Und dann dieses Trümmerfeld. Dieser Schuttacker hier zu Hause. Hier in Hamburg. Und irgendwo da unter liegt mein Junge. Ein bißchen Mud und Mörtel und Matsch. Menschenmud, Knochenmörtel. Er war gerade ein Jahr alt, und ich hatte ihn noch nicht gesehen. Aber jetzt sehe ich ihn jede Nacht. Und unter den zehntausend Steinen. Schutt, weiter nichts als ein bißchen Schutt. Das konnte ich nicht aushalten, dachte ich. Und da wollte ich mich fallen lassen. Wäre ganz leicht, dachte ich: vom Ponton runter. Plumps. Aus. Vorbei.

DER ANDERE: Plumps? Aus? Vorbei? Du hast geträumt. Du liegst doch hier auf dem Sand.

BECKMANN: Geträumt? Ja. Vor Hunger geträumt. Ich habe geträumt, sie hätte mich wieder ausgespuckt, die Elbe, diese alte... Sie wollte mich nicht. Ich sollte es noch mal versuchen, meinte sie. Ich hätte kein Recht dazu. Ich wäre zu grün, sagte sie. Sie sagte, sie scheißt auf mein bißchen Leben. Das hat sie mir ins Ohr gesagt, daß sie scheißt auf meinen Selbstmord. Scheißt, hat sie gesagt, diese verdammte – und gekeift hat sie wie eine Alte vom Fischmarkt. Das Leben ist schön, hat sie gemeint, und ich liege hier mit nassen Klamotten am Strand von Blankenese, und mir ist kalt. Immer ist mir kalt. In Rußland war mir lange genug kalt. Ich habe es satt, das ewige Frieren. Und diese Elbe, diese verdammte alte – ja, das hab ich vor Hunger geträumt. Was ist da?

DER ANDERE: Kommt einer. Ein Mädchen oder sowas. Da. Da hast du sie schon.

MÄDCHEN: Ist da jemand? Da hat doch eben jemand gesprochen. Hallo, ist da jemand?

BECKMANN: Ja, hier liegt einer. Hier unten am Wasser.

MÄDCHEN: Was machen Sie da? Warum stehen Sie denn nicht auf?

BECKMANN: Ich liege hier, das sehen Sie doch. Halb an Land und halb im Wasser.

MÄDCHEN: Aber warum denn? Stehen Sie doch auf. Ich dachte erst, da läge ein Toter, als ich den dunklen Haufen hier am Wasser sah.

BECKMANN: O ja, ein ganz dunkler Haufen ist das, das kann ich Ihnen sagen.

MÄDCHEN: Sie reden aber sehr komisch, finde ich. Hier liegen nämlich jetzt oft Tote abends am Wasser. Die sind manchmal ganz dick und glitschig. Und so weiß wie Gespenster. Deswegen war ich so erschrokken. Aber Gott sei Dank, Sie sind ja noch lebendig. Aber Sie müssen ja durch und durch naß sein.

BECKMANN: Bin ich auch. Naß und kalt wie eine richtige Leiche.

MÄDCHEN: Dann stehen Sie doch endlich auf. Oder haben Sie sich verletzt?

BECKMANN: Das auch. Mir haben sie die Kniescheibe gestohlen. In Rußland. Und nun muß ich mit einem steifen Bein durch das Leben hinken. Und ich denke immer, es geht rückwärts statt vorwärts. Von Hochkommen kann gar keine Rede sein.

MÄDCHEN: Dann kommen Sie doch. Ich helfe Ihnen. Sonst werden Sie ja langsam zum Fisch.

BECKMANN: Wenn Sie meinen, daß es nicht wieder rückwärts geht, dann können wir es ja mal versuchen. So. Danke.

MÄDCHEN: Sehen Sie, jetzt geht es sogar aufwärts. Aber Sie sind ja naß und eiskalt. Wenn ich nicht vorbeigekommen wäre, wären Sie sicher bald ein Fisch geworden. Stumm sind Sie ja auch beinahe. Darf ich Ihnen etwas sagen? Ich wohne hier gleich. Und ich habe trockenes Zeug im Hause. Kommen Sie mit? Ja? Oder sind Sie zu stolz, sich von mir trockenlegen zu lassen? Sie halber Fisch. Sie stummer nasser Fisch, Sie!

BECKMANN: Sie wollen mich mitnehmen?

MÄDCHEN: Ja, wenn Sie wollen. Aber nur weil Sie naß sind. Hoffentlich sind Sie sehr häßlich und bescheiden, damit ich es nicht bereuen muß, daß ich Sie mitnehme. Ich nehme Sie nur mit, weil Sie so naß und kalt sind, verstanden! Und weil –

BECKMANN: Weil? Was für ein Weil? Nein, nur weil ich naß und kalt bin. Sonst gibt es kein Weil.

MÄDCHEN: Doch. Gibt es doch. Weil Sie so eine hoffnungslos traurige Stimme haben. So grau und vollkommen trostlos. Ach, Unsinn ist das, wie? Kommen Sie, Sie alter stummer nasser Fisch.

BECKMANN: Halt! Sie laufen mir ja weg. Mein Bein kommt nicht mit. Langsam.

MÄDCHEN: Ach ja. Also: dann langsam. Wie zwei uralte steinalte naßkalte Fische.

DER ANDERE: Weg sind sie. So sind sie, die Zweibeiner. Ganz sonderbare Leute sind das hier auf der Welt. Erst lassen sie sich ins Wasser fallen und sind ganz wild auf das Sterben versessen. Aber dann kommt zufällig so ein anderer Zweibeiner im Dunkeln vorbei, so einer mit Rock, mit einem Busen und langen Locken. Und dann ist das Leben plötzlich wieder ganz herrlich und süß. Dann will kein Mensch mehr sterben. Dann wollen sie nie tot sein. Wegen so ein paar

Locken, wegen so einer weißen Haut und ein bißchen Frauengeruch. Dann stehen sie wieder vom Sterbebett auf und sind gesund wie zehntausend Hirsche im Februar. Dann werden selbst die halben Wasserleichen noch wieder lebendig, die es eigentlich doch überhaupt nicht mehr aushalten konnten auf dieser verdammten öden elenden Erdkugel. Die Wasserleichen werden wieder mobil – alles wegen so ein paar Augen, wegen so einem bißchen weichen warmen Mitleid und so kleinen Händen und wegen einem schlanken Hals. Sogar die Wasserleichen, diese zweibeinigen, diese ganz sonderbaren Leute hier auf der Welt –

2. SZENE

Ein Zimmer. Abends. Eine Tür kreischt und schlägt zu.
Beckmann. Das Mädchen

MÄDCHEN: So, nun will ich mir erst einmal den geangelten Fisch unter der Lampe ansehen. Nanu – *(sie lacht)* aber sagen Sie um Himmels willen, was soll denn dies hier sein?

BECKMANN: Das? Das ist meine Brille. Ja. Sie lachen. Das ist meine Brille. Leider.

MÄDCHEN: Das nennen Sie Brille? Ich glaube, Sie sind mit Absicht komisch.

BECKMANN: Ja, meine Brille. Sie haben recht: vielleicht sieht sie ein bißchen komisch aus. Mit diesen grauen Blechrändern um das Glas. Und dann diese grauen Bänder, die man um die Ohren machen muß. Und dieses graue Band quer über die Nase! Man kriegt so ein graues Uniformgesicht davon. So ein blechernes Robotergesicht. So ein Gasmaskengesicht. Aber es ist ja auch eine Gasmaskenbrille.

MÄDCHEN: Gasmaskenbrille?

BECKMANN: Gasmaskenbrille. Die gab es für Soldaten, die eine Brille trugen. Damit sie auch unter der Gasmaske was sehen konnten.

MÄDCHEN: Aber warum laufen Sie denn jetzt noch damit herum? Haben Sie denn keine richtige?

BECKMANN: Nein. Gehabt, ja. Aber die ist mir kaputt geschossen. Nein, schön ist sie nicht. Aber ich bin froh, daß ich wenigstens diese habe. Sie ist außerordentlich häßlich, das weiß ich. Und das macht mich manchmal auch unsicher, wenn die Leute mich auslachen. Aber letzten Endes ist das ja egal. Ich kann sie nicht entbehren. Ohne Brille bin ich rettungslos verloren. Wirklich, vollkommen hilflos.

MÄDCHEN: Ja? Ohne sind Sie vollkommen hilflos? *(fröhlich, nicht hart)* Dann geben Sie das abscheuliche Gebilde mal schnell her. Da – was sagen Sie nun! Nein, die bekommen Sie erst wieder, wenn Sie gehen.

Außerdem ist es beruhigender für mich, wenn ich weiß, daß Sie so vollkommen hilflos sind. Viel beruhigender. Ohne Brille sehen Sie auch gleich ganz anders aus. Ich glaube, Sie machen nur so einen trostlosen Eindruck, weil Sie immer durch diese grauenhafte Gasmaskenbrille sehen müssen.

BECKMANN: Jetzt sehe ich alles nur noch ganz verschwommen. Geben Sie sie wieder raus. Ich sehe ja nichts mehr. Sie selbst sind mit einmal ganz weit weg. Ganz undeutlich.

MÄDCHEN: Wunderbar. Das ist mir gerade recht. Und Ihnen bekommt das auch besser. Mit der Brille sehen Sie ja aus wie ein Gespenst.

BECKMANN: Vielleicht bin ich auch ein Gespenst. Eins von gestern, das heute keiner mehr sehen will. Ein Gespenst aus dem Krieg, für den Frieden provisorisch repariert.

MÄDCHEN *(herzlich, warm)*: Und was für ein griesgrämiges graues Gespenst! Ich glaube, Sie tragen innerlich auch so eine Gasmaskenbrille, Sie behelfsmäßiger Fisch. Lassen Sie mir die Brille. Es ist ganz gut, wenn Sie mal einen Abend alles ein bißchen verschwommen sehen. Passen Ihnen denn wenigstens die Hosen? Na, es geht gerade. Da, nehmen Sie mal die Jacke.

BECKMANN: Oha! Erst ziehen Sie mich aus dem Wasser, und dann lassen Sie mich gleich wieder ersaufen. Das ist ja eine Jacke für einen Athleten. Welchem Riesen haben Sie die denn gestohlen?

MÄDCHEN: Der Riese ist mein Mann. War mein Mann.

BECKMANN: Ihr Mann?

MÄDCHEN: Ja. Dachten Sie, ich handel mit Männerkleidung?

BECKMANN: Wo ist er? Ihr Mann?

MÄDCHEN *(bitter, leise)*: Verhungert, erfroren, liegen geblieben – was weiß ich. Seit Stalingrad ist er vermißt. Das war vor drei Jahren.

BECKMANN *(starr)*: In Stalingrad? In Stalingrad, ja. Ja, in Stalingrad, da ist mancher liegengeblieben. Aber einige kommen auch wieder. Und die ziehen dann das Zeug an von denen, die nicht wiederkommen. Der Mann, der Ihr Mann war, der der Riese war, dem dieses Zeug gehört, der ist liegengeblieben. Und ich, ich komme nun her und ziehe sein Zeug an. Das ist schön, nicht wahr. Ist das nicht schön? Und seine Jacke ist so riesig, daß ich fast darin ersaufe. *(hastig)* Ich muß sie wieder ausziehen. Doch. Ich muß wieder mein nasses Zeug anziehen. Ich komme um in dieser Jacke. Sie erwürgt mich, diese Jacke. Ich bin ja ein Witz in dieser Jacke. Ein grauenhafter, gemeiner Witz, den der Krieg gemacht hat. Ich will die Jacke nicht mehr anhaben.

MÄDCHEN *(warm, verzweifelt)*: Sei still, Fisch. Behalt sie an, bitte. Du gefällst mir so, Fisch. Trotz deiner komischen Frisur. Die hast du wohl auch aus Rußland mitgebracht, ja? Mit der Brille und dem Bein noch diese kurzen kleinen Borsten. Siehst du, das hab ich mir gedacht. Du mußt nicht denken, daß ich über dich lache, Fisch. Nein, Fisch, das tu ich nicht. Du siehst so wunderbar traurig aus, du armes graues Gespenst: in der weiten Jacke, mit dem Haar und dem steifen Bein. Laß man, Fisch, laß man. Ich finde das nicht zum Lachen. Nein, Fisch, du siehst wunderbar traurig aus. Ich könnte heulen, wenn du mich ansiehst mit deinen trostlosen Augen. Du sagst gar nichts. Sag was, Fisch, bitte. Sag irgendwas. Es braucht keinen Sinn zu haben, aber sag was. Sag was, Fisch, es ist doch so entsetzlich still in der Welt. Sag was, dann ist man nicht so allein. Bitte, mach deinen Mund auf, Fischmensch. Bleib doch da nicht den ganzen Abend stehen. Komm. Setz dich. Hier, neben mich. Nicht so weit ab, Fisch. Du kannst ruhig näher rankommen, du siehst mich ja doch nur verschwommen. Komm doch, mach meinetwegen die Augen zu. Komm und sag was, damit etwas da ist. Fühlst du nicht, wie grauenhaft still es ist?

BECKMANN *(verwirrt)*: Ich sehe dich gerne an. Dich, ja. Aber ich habe bei jedem Schritt Angst, daß es rückwärts geht. Du, das hab ich.

MÄDCHEN: Ach du. Vorwärts, rückwärts. Oben, unten. Morgen liegen wir vielleicht schon weiß und dick im Wasser. Mausestill und kalt. Aber heute sind wir doch noch warm. Heute abend nochmal, du. Fisch, sag was, Fisch. Heute abend schwimmst du mir nicht mehr weg, du. Sei still. Ich glaube dir kein Wort. Aber die Tür, die Tür will ich doch lieber abschließen.

BECKMANN: Laß das. Ich bin kein Fisch, und du brauchst die Tür nicht abzuschließen. Nein, du, ich bin weiß Gott kein Fisch.

MÄDCHEN *(innig)*: Fisch! Fisch, du! Du graues repariertes nasses Gespenst.

BECKMANN *(ganz abwesend)*: Mich bedrückt das. Ich ersaufe. Mich würgt das. Das kommt, weil ich so schlecht sehe. Das ist ganz und gar nebelig. Aber es erwürgt mich.

MÄDCHEN *(ängstlich)*: Was hast du? Du, was hast du denn? Du?

BECKMANN *(mit wachsender Angst)*: Ich werde jetzt ganz sachte sachte verrückt. Gib mir meine Brille. Schnell. Das kommt alles nur, weil es so nebelig vor meinen Augen ist. Da! Ich habe das Gefühl, daß hinter deinem Rücken ein Mann steht! Die ganze Zeit schon. Ein großer Mann. So eine Art Athlet. Ein Riese, weißt du. Aber das kommt nur, weil ich meine Brille nicht habe, denn der Riese hat nur ein Bein. Er kommt immer näher, der Riese, mit einem Bein und zwei Krücken. Hörst du – teck tock. Teck tock. So machen die Krücken. Jetzt steht er hinter dir. Fühlst du sein Luftholen im Nacken? Gib mir die Brille, ich will ihn nicht mehr sehen! Da, jetzt steht er ganz dicht hinter dir.

MÄDCHEN *(schreit auf und stürzt davon. Eine Tür kreischt und schlägt zu. Dann hört man ganz laut das «Teck tock» der Krücken)*

BECKMANN *(flüstert)*: Der Riese!

DER EINBEINIGE *(monoton)*: Was tust du hier. Du? In meinem Zeug? Auf meinem Platz? Bei meiner Frau?

BECKMANN *(wie gelähmt)*: Dein Zeug? Dein Platz? Deine Frau?

DER EINBEINIGE *(immer ganz monoton und apathisch)*: Und du, was du hier tust?

BECKMANN *(stockend, leise)*: Das hab ich gestern nacht auch den Mann gefragt, der bei meiner Frau war. In meinem Hemd war. In meinem Bett. Was tust du hier, du? hab ich gefragt. Da hat er die Schultern hochgehoben und wieder fallen lassen und hat gesagt: Ja, was tu ich hier. Das hat er geantwortet. Da habe ich die Schlafzimmertür wieder zugemacht, nein, erst noch das Licht wieder ausgemacht. Und dann stand ich draußen.

EINBEINIGER: Komm mit deinem Gesicht unter die Lampe. Ganz nah. *(dumpf)* Beckmann!

BECKMANN: Ja. Ich. Beckmann. Ich dachte, du würdest mich nicht mehr kennen.

EINBEINIGER *(leise, aber mit ungeheurem Vorwurf)*: Beckmann ... Beckmann ... Beckmann ! ! !

BECKMANN *(gefoltert)*: Hör auf, du. Sag den Namen nicht! Ich will diesen Namen nicht mehr haben! Hör auf, du!

EINBEINIGER *(leiert)*: Beckmann. Beckmann.

BECKMANN *(schreit auf)*: Das bin ich nicht! Das will ich nicht mehr sein. Ich will nicht mehr Beckmann sein!

(Er läuft hinaus. Eine Tür kreischt und schlägt zu. Dann hört man den Wind und einen Menschen durch die stillen Straßen laufen)

DER ANDERE: Halt! Beckmann!

BECKMANN: Wer ist da?

DER ANDERE: Ich. Der Andere.

BECKMANN: Bist du schon wieder da?

DER ANDERE: Immer noch, Beckmann. Immer, Beckmann.

BECKMANN: Was willst du? Laß mich vorbei.

DER ANDERE: Nein, Beckmann. Dieser Weg geht an die Elbe. Komm, die Straße ist hier oben.

BECKMANN: Laß mich vorbei. Ich will zur Elbe.

DER ANDERE: Nein, Beckmann. Komm. Du willst diese Straße hier weitergehen.

BECKMANN: Die Straße weitergehen! Leben soll ich? Ich soll weitergehen? Soll essen, schlafen, alles?

DER ANDERE: Komm, Beckmann.

BECKMANN *(mehr apathisch als erregt)*: Sag diesen Namen nicht. Ich will nicht mehr Beckmann sein. Ich habe keinen Namen mehr. Ich soll weiterleben, wo es einen Menschen gibt, wo es einen Mann mit einem Bein gibt, der meinetwegen nur das eine Bein hat? Der nur ein Bein hat, weil es einen Unteroffizier Beckmann gegeben hat, der gesagt hat: Obergefreiter Bauer, Sie halten Ihren Posten unbedingt bis zuletzt. Ich soll weiterleben, wo es diesen Einbeinigen gibt, der immer Beckmann sagt? Unablässig Beckmann! Andauernd Beckmann! Und er sagt das, als ob er Grab sagt. Als ob er Mord sagt, oder Hund sagt. Der meinen Namen sagt wie: Weltuntergang! Dumpf, drohend, verzweifelt. Und du sagst, ich soll weiterleben? Ich stehe draußen, wieder draußen. Gestern abend stand ich draußen. Heute steh ich draußen. Immer steh ich draußen. Und die Türen sind zu. Und dabei bin ich ein Mensch mit Beinen, die schwer und müde sind. Mit einem Bauch, der vor Hunger bellt. Mit einem Blut, das friert hier draußen in der Nacht. Und der Einbeinige sagt immerzu meinen Namen. Und nachts kann ich nicht mal mehr pennen. Wo soll ich denn hin, Mensch? Laß mich vorbei!

DER ANDERE: Komm, Beckmann. Wir wollen die Straße weitergehen. Wir wollen einen Mann besuchen. Und dem gibst du sie zurück.

BECKMANN: Was?

DER ANDERE: Die Verantwortung.

BECKMANN: Wir wollen einen Mann besuchen? Ja, das wollen wir. Und die Verantwortung, die gebe ich ihm zurück. Ja, du, das wollen wir. Ich will eine Nacht pennen ohne Einbeinige. Ich gebe sie ihm zurück.

Ja! Ich bringe ihm die Verantwortung zurück. Ich gebe ihm die Toten zurück. Ihm! Ja, komm, wir wollen einen Mann besuchen, der wohnt in einem warmen Haus. In dieser Stadt, in jeder Stadt. Wir wollen einen Mann besuchen, wir wollen ihm etwas schenken – einen lieben guten braven Mann, der sein ganzes Leben nur seine Pflicht getan, und immer nur die Pflicht! Aber es war eine grausame Pflicht! Es war eine fürchterliche Pflicht! Eine verfluchte – fluchte – fluchte Pflicht! Komm! Komm!

3. SZENE

Eine Stube. Abend. Eine Tür kreischt und schlägt zu. Der Oberst und seine Familie. Beckmann

BECKMANN: Guten Appetit, Herr Oberst.

DER OBERST *(kaut)*: Wie bitte?

BECKMANN: Guten Appetit, Herr Oberst.

OBERST: Sie stören beim Abendessen! Ist Ihre Angelegenheit so wichtig?

BECKMANN: Nein. Ich wollte nur feststellen, ob ich mich heute nacht ersaufe, oder am Leben bleibe. Und wenn ich am Leben bleibe, dann weiß ich noch nicht, wie. Und dann möchte ich am Tage manchmal vielleicht etwas essen. Und nachts, nachts möchte ich schlafen. Weiter nichts.

OBERST: Na na na na! Reden Sie mal nicht so unmännliches Zeug. Waren doch Soldat, wie?

BECKMANN: Nein, Herr Oberst.

SCHWIEGERSOHN: Wieso nein? Sie haben doch Uniform an.

BECKMANN *(eintönig)*: Ja. Sechs Jahre. Aber ich dachte immer, wenn ich zehn Jahre lang die Uniform eines Briefträgers anhabe, deswegen bin ich noch lange kein Briefträger.

TOCHTER: Pappi, frag ihn doch mal, was er eigentlich will. Er kuckt fortwährend auf meinen Teller.

BECKMANN *(freundlich)*: Ihre Fenster sehen von draußen so warm aus. Ich wollte mal wieder merken, wie das ist, durch solche Fenster zu sehen. Von innen aber, von innen. Wissen Sie, wie das ist, wenn nachts so helle warme Fenster da sind und man steht draußen?

MUTTER *(nicht gehässig, eher voll Grauen)*: Vater, sag ihm doch, er soll die Brille abnehmen. Mich friert, wenn ich das sehe.

OBERST: Das ist eine sogenannte Gasmaskenbrille, meine Liebe. Wurde bei der Wehrmacht 1934 als Brille unter der Gasmaske für augenbehinderte Soldaten eingeführt. Warum werfen Sie den Zimt nicht weg? Der Krieg ist aus.

BECKMANN: Ja, ja. Der ist aus. Das sagen sie alle. Aber die Brille brauche ich noch. Ich bin kurzsichtig, ich sehe ohne Brille alles verschwommen. Aber so kann ich alles erkennen. Ich sehe ganz genau von hier, was Sie auf dem Tisch haben.

OBERST *(unterbricht)*: Sagen Sie mal, was haben Sie für eine merkwürdige Frisur? Haben Sie gesessen? Was ausgefressen, wie? Na, raus mit der Sprache, sind irgendwo eingestiegen, was? Und geschnappt, was?

BECKMANN: Jawohl, Herr Oberst. Bin irgendwo mit eingestiegen. In Stalingrad, Herr Oberst. Aber die Tour ging schief, und sie haben uns gegriffen. Drei Jahre haben wir gekriegt, alle hunderttausend Mann. Und unser Häuptling zog sich Zivil an und aß Kaviar. Drei Jahre Kaviar. Und die anderen lagen unterm Schnee und hatten Steppensand im Mund. Und wir löffelten heißes Wasser. Aber der Chef mußte Kaviar essen. Drei Jahre lang. Und uns haben sie die Köpfe abrasiert. Bis zum Hals – oder bis zu den Haaren, das kam nicht so genau darauf an. Die Kopfamputierten waren noch die Glücklichsten. Die brauchten wenigstens nicht ewig Kaviar zu löffeln.

SCHWIEGERSOHN *(aufgebracht)*: Wie findest du das, Schwiegervater? Na? Wie findest du das?

OBERST: Lieber junger Freund, Sie stellen die ganze Sache doch wohl reichlich verzerrt dar. Wir sind doch Deutsche. Wir wollen doch lieber bei unserer guten deutschen Wahrheit bleiben. Wer die Wahrheit hochhält, der marschiert immer noch am besten, sagt Clausewitz.

BECKMANN: Jawohl, Herr Oberst. Schön ist das, Herr Oberst. Ich mache mit, mit der Wahrheit. Wir essen uns schön satt, Herr Oberst, richtig satt, Herr Oberst. Wir ziehen uns ein neues Hemd an und einen Anzug mit Knöpfen und ohne Löcher. Und dann machen wir den Ofen an, Herr Oberst, denn wir haben ja einen Ofen, Herr Oberst, und setzen den Teekessel auf für einen kleinen Grog. Und dann ziehen wir die Jalousien runter und lassen uns in einen Sessel fallen, denn einen Sessel haben wir ja. Wir riechen das feine Parfüm unserer Gattin und kein Blut, nicht wahr, Herr Oberst, kein Blut, und wir freuen uns auf das saubere Bett, das wir ja haben, wir beide, Herr Oberst, das im Schlafzimmer schon auf uns wartet, weich, weiß und warm. Und dann halten wir die Wahrheit hoch, Herr Oberst, unsere gute deutsche Wahrheit.

TOCHTER: Er ist verrückt.

SCHWIEGERSOHN: Ach wo, betrunken.

MUTTER: Vater, beende das. Mich friert von dem Menschen.

OBERST *(ohne Schärfe)*: Ich habe aber doch stark den Eindruck, daß Sie einer von denen sind, denen das bißchen Krieg die Begriffe und den Verstand verwirrt hat. Warum sind Sie nicht Offizier geworden? Sie hätten zu ganz anderen Kreisen Eingang gehabt. Hätten 'ne anständige Frau gehabt, und dann hätten Sie jetzt auch 'n anständiges Haus. Wärn ja ein ganz anderer Mensch. Warum sind Sie kein Offizier geworden?

BECKMANN: Meine Stimme war zu leise, Herr Oberst, meine Stimme war zu leise.

OBERST: Sehen Sie, Sie sind zu leise. Mal ehrlich, einer von denen, die ein bißchen müde sind, ein bißchen weich, wie?

BECKMANN: Jawohl, Herr Oberst. So ist es. Ein bißchen leise. Ein bißchen weich. Und müde, Herr Oberst, müde, müde, müde! Ich kann nämlich nicht schlafen, Herr Oberst, keine Nacht, Herr Oberst. Und deswegen komme ich her, darum komme ich zu Ihnen, Herr Oberst, denn ich weiß, Sie können mir helfen. Ich will endlich mal wieder pennen! Mehr will ich ja gar nicht. Nur pennen. Tief, tief pennen.

MUTTER: Vater, bleib bei uns. Ich habe Angst. Ich friere von diesem Menschen.

TOCHTER: Unsinn, Mutter. Das ist einer von denen, die mit einem kleinen Knax nach Hause kommen. Die tun nichts.

SCHWIEGERSOHN: Ich finde ihn ziemlich arrogant, den Herrn.

OBERST *(überlegen)*: Laßt mich nur machen, Kinder, ich kenne diese Typen von der Truppe.

MUTTER: Mein Gott, der schläft ja im Stehen.

OBERST *(fast väterlich)*: Müssen ein bißchen hart angefaßt werden, das ist alles. Laßt mich, ich mache das schon.

BECKMANN *(ganz weit weg)*: Herr Oberst?

OBERST: Also, was wollen Sie nun?

BECKMANN *(ganz weit weg)*: Herr Oberst?

OBERST: Ich höre, ich höre.

BECKMANN *(schlaftrunken, traumhaft)*: Hören Sie, Herr Oberst? Dann ist es gut. Wenn Sie hören, Herr Oberst. Ich will Ihnen nämlich meinen Traum erzählen, Herr Oberst. Den Traum träume ich jede Nacht. Dann wache ich auf, weil jemand so grauenhaft schreit. Und wissen Sie, wer das ist, der da schreit? Ich selbst, Herr Oberst, ich selbst. Ulkig, nicht, Herr Oberst? Und dann kann ich nicht wieder einschlafen. Keine Nacht, Herr Oberst. Denken Sie mal, Herr Oberst, jede Nacht wachliegen. Deswegen bin ich müde, Herr Oberst, ganz furchtbar müde.

MUTTER: Vater, bleib bei uns. Mich friert.

OBERST *(interessiert)*: Und von Ihrem Traum wachen Sie auf, sagen Sie?

BECKMANN: Nein, von meinem Schrei. Nicht von dem Traum. Von dem Schrei.

OBERST *(interessiert)*: Aber der Traum, der veranlaßt Sie zu diesem Schrei, ja?

BECKMANN: Denken Sie mal an, ja. Er veranlaßt mich. Der Traum ist nämlich ganz seltsam, müssen Sie wissen. Ich will ihn mal erzählen. Sie hören doch, Herr Oberst, ja? Da steht ein Mann und spielt Xylophon. Er spielt einen rasenden Rhythmus. Und dabei schwitzt er, der Mann, denn er ist außergewöhnlich fett. Und er spielt auf einem Riesenxylophon. Und weil es so groß ist, muß er bei jedem Schlag vor dem Xylophon hin und her sausen. Und dabei schwitzt er, denn er ist tatsächlich sehr fett. Aber er schwitzt gar keinen Schweiß, das ist das Sonderbare. Er schwitzt Blut, dampfendes, dunkles Blut. Und das Blut läuft in zwei breiten roten Streifen an seiner Hose runter, daß er von weitem aussieht wie ein General. Wie ein General! Ein fetter, blutiger General. Es muß ein alter schlachtenerprobter General sein, denn er hat beide Arme verloren. Ja, er spielt mit langen dünnen Prothesen, die wie Handgranatenstiele aussehen, hölzern und mit einem Metallring. Es muß ein ganz fremdartiger Musiker sein, der General, denn die Hölzer seines riesigen Xylophons sind gar nicht aus Holz. Nein, glauben Sie mir, Herr Oberst, glauben Sie mir, sie sind aus Knochen. Glauben Sie mir das, Herr Oberst, aus Knochen!

OBERST *(leise)*: Ja, ich glaube. Aus Knochen.

BECKMANN *(immer noch tranceähnlich, spukhaft)*: Ja, nicht aus Holz, aus Knochen. Wunderbare weiße Knochen. Schädeldecken hat er da, Schulterblätter, Beckenknochen. Und für die höheren Töne Armknochen und Beinknochen. Dann kommen die Rippen – viele tausend Rippen. Und zum Schluß, ganz am Ende des Xylophons, wo die ganz hohen Töne liegen, da sind Fingerknöchel, Zehen, Zähne. Ja, als letztes kommen die Zähne. Das ist das Xylophon, auf dem der fette Mann mit den Generalsstreifen spielt. Ist das nicht ein komischer Musiker, dieser General?

OBERST *(unsicher)*: Ja, sehr komisch. Sehr, sehr komisch!

BECKMANN: Ja, und nun geht es erst los. Nun fängt der Traum erst an. Also, der General steht vor dem Riesenxylophon aus Menschenknochen und trommelt mit seinen Prothesen einen Marsch. Preußens Gloria oder den Badenweiler. Aber meistens spielt er den Einzug der Gladiatoren und die Alten Kameraden. Meistens spielt er die. Die kennen Sie doch, Herr Oberst, die Alten Kameraden? *(summt)*

OBERST: Ja, ja. Natürlich. *(summt ebenfalls)*

BECKMANN: Und dann kommen sie. Dann ziehen sie ein, die Gladiatoren, die alten Kameraden. Dann stehen sie auf aus den Massengräbern, und ihr blutiges Gestöhn stinkt bis an den weißen Mond. Und davon sind die Nächte so. So bitter wie Katzengescheiß. So rot, so rot wie Himbeerlimonade auf einem weißen Hemd. Dann sind die Nächte so, daß wir nicht atmen können. Daß wir ersticken, wenn wir keinen Mund zum Küssen und keinen Schnaps zu trinken haben. Bis an den Mond, den weißen Mond, stinkt dann das blutige Gestöhn, Herr Oberst, wenn die Toten kommen, die limonadefleckigen Toten.

TOCHTER: Hört ihr, daß er verrückt ist? Der Mond soll weiß sein, sagt er! Weiß! Der Mond!

OBERST *(nüchtern)*: Unsinn! Der Mond ist selbstverständlich gelb wie immer. Wie'n Honigbrot! Wie'n Eierkuchen. War immer gelb, der Mond.

BECKMANN: O nein, Herr Oberst, o nein! In diesen Nächten, wo die Toten kommen, da ist er weiß und krank. Da ist er wie der Bauch eines schwangeren Mädchens, das sich im Bach ertränkte. So weiß, so krank, so rund. Nein, Herr Oberst, der Mond ist weiß in diesen Nächten, wo die Toten kommen, und ihr blutiges Gestöhn stinkt scharf wie Katzendreck bis in den weißen kranken runden Mond. Blut. Blut. Dann stehen sie auf aus den Massengräbern mit verrotteten Verbänden und blutigen Uniformen. Dann tauchen sie auf aus den Ozeanen, aus den Steppen und Straßen, aus den Wäldern kommen sie, aus Ruinen und Mooren, schwarzgefroren, grün, verwest. Aus der Steppe stehen sie auf, einäugig, zahnlos, einarmig, beinlos, mit zerfetzten Gedärmen, ohne Schädeldecken, ohne Hände, durchlöchert, stinkend, blind. Eine furchtbare Flut kommen sie angeschwemmt, unübersehbar an Zahl, unübersehbar an Qual! Das furchtbare unübersehbare Meer der Toten tritt über die Ufer seiner Gräber und wälzt sich breit, breiig, bresthaft und blutig über die Welt. Und dann sagt der General mit den Blutstreifen zu mir: Unteroffizier Beckmann, Sie übernehmen die Verantwortung. Lassen Sie abzählen. Und dann stehe ich da, vor den Millionen hohlgrinsender Skelette, vor den Fragmenten, den Knochentrümmern, mit meiner Verantwortung, und lasse abzählen. Aber die Brüder zählen nicht. Sie schlenkern furchtbar mit den Kiefern, aber sie zählen nicht. Der General befiehlt fünfzig Kniebeugen. Die mürben

Knochen knistern, die Lungen piepen, aber sie zählen nicht! Ist das nicht <u>Meuterei</u>, Herr Oberst? Offene Meuterei? *Mutiny*

OBERST *(flüstert)*: Ja, offene Meuterei!

BECKMANN: Sie zählen auf Deubelkommraus nicht. Aber sie rotten sich zusammen, die Verrotteten, und bilden Sprechchöre. Donnernde, drohende, dumpfe Sprechchöre. Und wissen Sie, was sie brüllen, Herr Oberst?

OBERST *(flüstert)*: Nein.

BECKMANN: Beckmann, brüllen sie. Unteroffizier Beckmann. Immer Unteroffizier Beckmann. Und das Brüllen wächst. Und das Brüllen rollt heran, tierisch wie ein Gott schreit, fremd, kalt, riesig. Und das Brüllen wächst und rollt und wächst und rollt! Und das Brüllen wird dann so groß, so erwürgend groß, daß ich keine Luft mehr kriege. Und dann schreie ich, dann schreie ich los in der Nacht. Dann muß ich schreien, so furchtbar, furchtbar schreien. Und davon werde ich dann immer wach. Jede Nacht. Jede Nacht das Konzert auf dem Knochenxylophon, und jede Nacht die Sprechchöre, und jede Nacht der furchtbare Schrei. Und dann kann ich nicht wieder einschlafen, weil ich doch die Verantwortung hatte. Ich hatte doch die Verantwortung. Ja, ich hatte die Verantwortung. Und deswegen komme ich nun zu Ihnen, Herr Oberst, denn ich will endlich mal wieder schlafen. Ich will einmal wieder schlafen. Deswegen komme ich zu Ihnen, weil ich schlafen will, endlich mal wieder schlafen.

OBERST: Was wollen Sie denn von mir?

BECKMANN: Ich bringe sie Ihnen zurück.

OBERST: Wen?

BECKMANN *(beinah naiv)*: Die Verantwortung. Ich bringe Ihnen die Verantwortung zurück. Haben Sie das ganz vergessen, Herr Oberst? Den 14. Februar? Bei Gorodok. Es waren 42 Grad Kälte. Da kamen Sie doch in unsere Stellung, Herr Oberst, und sagten: Unteroffizier Beckmann. Hier, habe ich geschrieen. Dann sagten Sie, und Ihr Atem blieb an Ihrem Pelzkragen als Reif hängen – das weiß ich noch ganz genau, denn Sie hatten einen sehr schönen Pelzkragen – dann sagten Sie: Unteroffizier Beckmann, ich übergebe Ihnen die Verantwortung für die zwanzig Mann. Sie erkunden den Wald östlich Gorodok und machen nach Möglichkeit ein paar Gefangene, klar? Jawohl, Herr Oberst, habe ich da gesagt. Und dann sind wir losgezogen und haben erkundet. Und ich – ich hatte die Verantwortung. Dann haben wir die ganze Nacht erkundet, und dann wurde geschossen, und als wir wieder in der Stellung waren, da fehlten elf Mann. Und ich hatte die Verantwortung. Ja, das ist alles, Herr Oberst. Aber nun ist der Krieg aus, nun will ich pennen, nun gebe ich Ihnen die Verantwortung zurück, Herr Oberst, ich will sie nicht mehr, ich gebe sie Ihnen zurück, Herr Oberst.

OBERST: Aber mein lieber Beckmann, Sie erregen sich unnötig. So war das doch gar nicht gemeint.

BECKMANN (*ohne Erregung, aber ungeheuer ernsthaft*): Doch. Doch, Herr Oberst. So muß das gemeint sein. Verantwortung ist doch nicht nur ein Wort, eine chemische Formel, nach der helles Menschenfleisch in dunkle Erde verwandelt wird. Man kann doch Menschen nicht für ein leeres Wort sterben lassen. Irgendwo müssen wir doch hin mit unserer Verantwortung. Die Toten – antworten nicht. Gott – antwortet nicht. Aber die Lebenden, die fragen. Die fragen jede Nacht, Herr Oberst. Wenn ich dann wach liege, dann kommen sie und fragen. Frauen, Herr Oberst, traurige, trauernde Frauen. Alte Frauen mit grauem Haar und harten rissigen Händen – junge Frauen mit einsamen sehnsüchtigen Augen, Kinder, Herr Oberst, Kinder, viele kleine Kinder. Und die flüstern dann aus der Dunkelheit: Unteroffizier Beckmann, wo ist mein Vater, Unteroffizier Beckmann? Unteroffizier Beckmann, wo haben Sie meinen Mann? Unteroffizier Beckmann, wo ist mein Sohn, wo ist mein Bruder, Unteroffizier Beckmann, wo ist mein Verlobter, Unteroffizier Beckmann? Unteroffizier Beckmann, wo? wo? wo? So flüstern sie, bis es hell wird. Es sind nur elf Frauen, Herr Oberst, bei mir sind es nur elf. Wieviel sind es bei Ihnen, Herr Oberst? Tausend? Zweitausend? Schlafen Sie gut, Herr Oberst? Dann macht es Ihnen wohl nichts aus, wenn ich Ihnen zu den zweitausend noch die Verantwortung für meine elf dazugebe. Können Sie schlafen, Herr Oberst? Mit zweitausend nächtlichen Gespenstern? Können Sie überhaupt leben, Herr Oberst, können Sie eine Minute leben, ohne zu schreien? Herr Oberst, Herr Oberst, schlafen Sie nachts gut? Ja? Dann macht es Ihnen ja nichts aus, dann kann ich wohl nun endlich pennen – wenn Sie so nett sind und sie wieder zurücknehmen, die Verantwortung. Dann kann ich wohl nun endlich in aller Seelenruhe pennen. Seelenruhe, das war es, ja, Seelenruhe, Herr Oberst!

Und dann: schlafen! Mein Gott!

OBERST (*ihm bleibt doch die Luft weg. Aber dann lacht er seine Beklemmung fort, aber nicht gehässig, eher jovial und rauhbeinig, gutmütig, sagt sehr unsicher*): Junger Mann, junger Mann! Ich weiß nicht recht, ich weiß nicht recht. Sind Sie nun ein heimlicher Pazifist, wie? So ein bißchen destruktiv, ja? Aber – (*er lacht zuerst verlegen, dann aber siegt sein gesundes Preußentum, und er lacht aus voller Kehle*) mein Lieber, mein Lieber! Ich glaube beinahe, Sie sind ein kleiner Schelm, wie? Hab ich recht? Na? Sehen Sie, Sie sind ein Schelm, was? (*Er lacht*) Köstlich, Mann, ganz köstlich! Sie haben wirklich den Bogen raus! Nein, dieser abgründige Humor! Wissen Sie (*von seinem Gelächter unterbrochen*), wissen Sie, mit dem Zeug, mit der Nummer, können Sie so auf die Bühne! So auf die Bühne! (*Der Oberst will Beckmann nicht verletzen, aber er ist so gesund und so sehr naiv und alter Sol-*

26

dat, daß er Beckmanns Traum nur als Witz begreift) Diese blödsinnige Brille, diese ulkige versaute Frisur! Sie müßten das Ganze mit Musik bringen *(lacht).* Mein Gott, dieser köstliche Traum! Die Kniebeugen, die Kniebeugen mit Xylophonmusik! Nein, mein Lieber, Sie müssen so auf die Bühne. Die Menschheit lacht sich, lacht sich ja kaputt!!! O mein Gott!!! *(lacht mit Tränen in den Augen und pustet)* Ich hatte ja im ersten Moment gar nicht begriffen, daß Sie so eine komische Nummer bringen wollten. Ich dachte wahrhaftig, Sie hätten so eine leichte Verwirrung im Kopf. Hab doch nicht geahnt, was Sie für ein Komiker sind. Nein, also, mein Lieber, Sie haben uns wirklich so einen reizenden Abend bereitet – das ist eine Gegenleistung wert. Wissen Sie was? Gehen Sie runter zu meinem Chauffeur, nehmen Sie sich warm Wasser, waschen Sie sich, nehmen Sie sich den Bart ab. Machen Sie sich menschlich. Und dann lassen Sie sich vom Chauffeur einen von meinen alten Anzügen geben. Ja, das ist mein Ernst! Schmeißen Sie Ihre zerrissenen Klamotten weg, ziehen Sie sich einen alten Anzug von mir an, doch, das dürfen Sie ruhig annehmen, und dann werden Sie erstmal wieder ein Mensch, mein lieber Junge! Werden Sie erstmal wieder ein Mensch!!!

BECKMANN *(wacht auf und wacht auch zum erstenmal aus seiner Apathie auf)*: Ein Mensch? Werden? Ich soll erstmal wieder ein Mensch werden? *(schreit)* Ich soll ein Mensch werden? Ja, was seid ihr denn? Menschen? Menschen? Wie? Was? Ja? Seid ihr Menschen? Ja?!?

MUTTER *(schreit schrill und gellend auf; es fällt etwas um)*: Nein! Er bringt uns um! Neiiin!!! *(Furchtbares Gepolter, die Stimmen der Familie schreien aufgeregt durcheinander)*

SCHWIEGERSOHN: Halt die Lampe fest!

TOCHTER: Hilfe! Das Licht ist aus! Mutter hat die Lampe umgestoßen!

OBERST: Ruhig, Kinder!

MUTTER: Macht doch mal Licht!

SCHWIEGERSOHN: Wo ist denn die Lampe?

OBERST: Da. Da ist sie doch schon.

MUTTER: Gott sei Dank, daß wieder Licht ist.

SCHWIEGERSOHN: Und der Kerl ist weg. Sah mir gleich nicht ganz einwandfrei aus, der Bruder.

TOCHTER: Eins, zwei, drei – vier. Nein, es ist alles noch da. Nur der Aufschnitt-Teller ist zerbrochen.

OBERST: Zum Donnerwetter ja, worauf hatte er es denn abgesehen?

SCHWIEGERSOHN: Vielleicht war er wirklich bloß blöde.

TOCHTER: Nein, seht ihr? Die Rumflasche fehlt.

MUTTER: Gott, Vater, dein schöner Rum!

TOCHTER: Und das halbe Brot – ist auch weg!

OBERST: Was, das Brot?

MUTTER: Das Brot hat er mitgenommen? Ja, was will er denn mit dem Brot?

SCHWIEGERSOHN: Vielleicht will er das essen. Oder versetzen. Diese Kreise schrecken ja vor nichts zurück.

TOCHTER: Ja, vielleicht will er das essen.

MUTTER: Ja, aber – aber das trockene Brot?

(Eine Tür kreischt und schlägt zu)

BECKMANN *(wieder auf der Straße. Eine Flasche gluckert)*: Die Leute haben recht *(wird zunehmend betrunken)*. Prost, der wärmt. Nein, die Leute haben recht. Prost. Sollen wir uns hinstellen und um die Toten trauern, wo er uns selbst dicht auf den Hacken sitzt? Prost. Die Leute haben recht! Die Toten wachsen uns über den Kopf. Gestern zehn Millionen. Heute sind es schon dreißig. Morgen kommt einer und sprengt einen ganzen Erdteil in die Luft. Nächste Woche erfindet einer den Mord aller in sieben Sekunden mit zehn Gramm Gift. Sollen wir trauern!? Prost, ich hab das dunkle Gefühl, daß wir uns bei Zeiten nach einem anderen Planeten umsehen müssen. Prost! Die Leute haben recht. Ich geh zum Zirkus. Die haben ja recht, Mensch. Der Oberst hat sich halb tot gelacht! Er sagt, ich müßte so auf die Bühne. Humpelnd, mit dem Mantel, mit der Visage, mit der Brille in der Visage und mit der Bürste auf dem Kopf. Der Oberst hat recht, die Menschheit lacht sich kaputt! Prost. Es lebe der Oberst! Der hat mir das Leben gerettet. Heil, Herr Oberst! Prost, es lebe das Blut! Es lebe das Gelächter über die Toten! Ich geh zum Zirkus, die Leute lachen sich kaputt, wenn es recht grausig hergeht, mit Blut und vielen Toten. Komm, glucker nochmal aus der Buddel, prost. Der Schnaps hat mir das Leben gerettet, mein Verstand ist ersoffen! Prost! *(großartig und besoffen)* Wer Schnaps hat oder ein Bett oder ein Mädchen, der träume seinen letzten Traum! Morgen kann es schon zu spät sein! Der baue sich aus seinem Traum eine Arche Noah und segel saufend und singend über das Entsetzliche rüber in die ewige Finsternis. Die andern ersaufen in Angst und Verzweiflung! Wer Schnaps hat, ist gerettet! Prost! Es lebe der blutige Oberst! Es lebe die Verantwortung! Heil! Ich gehe zum Zirkus! Es lebe der Zirkus! Der ganze große Zirkus!

4. SZENE

Ein Zimmer. Der Direktor eines Kabaretts. Beckmann, noch leicht angetrunken

DIREKTOR *(sehr überzeugt)*: Sehen Sie, gerade in der Kunst brauchen wir wieder eine Jugend, die zu allen Problemen aktiv Stellung nimmt. Eine mutige, nüchterne –

BECKMANN *(vor sich hin)*: Nüchtern, ja ganz nüchtern muß sie sein.

DIREKTOR: — revolutionäre Jugend. Wir brauchen einen Geist wie Schiller, der mit zwanzig seine Räuber machte. Wir brauchen einen Grabbe, einen Heinrich Heine! So einen genialen angreifenden Geist haben wir nötig! Eine unromantische, wirklichkeitsnahe und handfeste Jugend, die den dunklen Seiten des Lebens gefaßt ins Auge sieht, unsentimental, objektiv, überlegen. Junge Menschen brauchen wir, eine Generation, die die Welt sieht und liebt, wie sie ist. Die die Wahrheit hochhält, Pläne hat, Ideen hat. Das brauchen keine tiefgründigen Weisheiten zu sein. Um Gottes willen nichts Vollendetes, Reifes und Abgeklärtes. Das soll ein Schrei sein, ein Aufschrei ihrer Herzen. Frage, Hoffnung, Hunger!

BECKMANN *(für sich)*: Hunger, ja, den haben wir.

DIREKTOR: Aber jung muß diese Jugend sein, leidenschaftlich und mutig. Gerade in der Kunst! Sehen Sie mich an: Ich stand schon als Siebzehnjähriger auf den Brettern des Kabaretts und habe dem Spießer die Zähne gezeigt und ihm die Zigarre verdorben. Was uns fehlt, das sind die Avantgardisten, die das graue lebendige leidvolle Gesicht unserer Zeit präsentieren!

BECKMANN *(für sich)*: Ja, ja: Immer wieder präsentieren. Gesichter, Gewehre. Gespenster. Irgendwas wird immer präsentiert.

DIREKTOR: — Übrigens bei Gesicht fällt mir ein: Wozu laufen Sie eigentlich mit diesem nahezu grotesken Brillengestell herum? Wo haben Sie das originelle Ding denn bloß her, Mann? Man bekommt ja einen Schluckauf, wenn man Sie ansieht. Das ist ja ein ganz toller Apparat, den Sie da auf der Nase haben.

BECKMANN *(automatisch)*: Ja, meine Gasmaskenbrille. Die haben wir beim Militär bekommen, wir Brillenträger, damit wir auch unter der Gasmaske den Feind erkennen und schlagen konnten.

DIREKTOR: Aber der Krieg ist doch lange vorbei! Wir haben doch längst wieder das dickste Zivilleben! Und Sie zeigen sich noch immer in diesem militärischen Aufzug.

BECKMANN: Das müssen Sie mir nicht übelnehmen. Ich bin erst vorgestern aus Sibirien gekommen. Vorgestern? Ja, vorgestern!

DIREKTOR: Sibirien? Gräßlich, was? Gräßlich. Ja, der Krieg! Aber die Brille, haben Sie denn keine andere?

BECKMANN: Ich bin glücklich, daß ich wenigstens diese habe. Das ist meine Rettung. Es gibt doch sonst keine Rettung — keine Brillen, meine ich.

DIREKTOR: Ja, haben Sie denn nicht vorgesorgt, mein Guter?

BECKMANN: Wo, in Sibirien?

DIREKTOR: Ah, natürlich. Dieses dumme Sibirien! Sehen Sie, ich habe mich eingedeckt mit Brillen. Ja, Köpfchen! Ich bin glücklicher Inhaber von drei erstklassigen rassigen Hornbrillen. Echtes Horn, mein Lieber! Eine gelbe zum Arbeiten. Eine unauffällige zum Ausgehen. Und eine abends für die Bühne, verstehen Sie, eine schwarze schwere Hornbrille. Das sieht aus, mein Lieber: Klasse!

BECKMANN: Und ich habe nichts, was ich Ihnen geben könnte, damit Sie mir eine abtreten. Ich komme mir selbst so <u>behelfsmäßig</u> und repariert vor. Ich weiß auch, wie blödsinnig blöde das Ding aussieht, aber was soll ich machen? Könnten Sie mir nicht eine –   *makeshift*

DIREKTOR: Wo denken Sie hin, mein bester Mann? Von meinen paar Brillen kann ich keine einzige entbehren. Meine ganzen Einfälle, meine Wirkung, meine Stimmungen sind von ihnen abhängig.

BECKMANN: Ja, das ist es eben: meine auch. Und Schnaps hat man nicht jeden Tag. Und wenn der alle ist, ist das Leben wie Blei: zäh, grau und wertlos. Aber für die Bühne wirkt diese himmelschreiend häßliche Brille wahrscheinlich viel besser.

DIREKTOR: Wieso das?

BECKMANN: Ich meine: komischer. Die Leute lachen sich doch kaputt, wenn die mich sehen mit der Brille. Und dann noch die Frisur, und der Mantel. Und das Gesicht, müssen Sie bedenken, mein Gesicht! Das ist doch alles ungeheuer lustig, was?

DIREKTOR *(dem etwas unheimlich wird)*: Lustig? Lustig? Den Leuten bleibt das Lachen in der Kehle stecken, mein Lieber. Bei Ihrem Anblick wird ihnen das naßkalte Grauen den Nacken hochkriechen. Das naßkalte Grauen vor diesem Gespenst aus der Unterwelt wird ihnen hochkommen. Aber die Leute wollen doch schließlich Kunst genießen, sich erheben, erbauen und keine naßkalten Gespenster sehen. Nein, so können wir Sie nicht loslassen. Etwas genialer, überlegener, heiterer müssen wir den Leuten schon kommen. Positiv! Positiv, mein Lieber! Denken Sie an Goethe! Denken Sie an Mozart! Die Jungfrau von Orléans, Richard Wagner, Schmeling, Shirley Temple!

BECKMANN: Gegen solche Namen kann ich natürlich nicht gegen an. Ich bin nur Beckmann. Vorne B – hinten eckmann.

DIREKTOR: Beckmann? Beckmann? Ist mir im Moment gar nicht geläufig beim Kabarett. Oder haben Sie unter einem Pseudonym gearbeitet?

BECKMANN: Nein, ich bin ganz neu. Ich bin Anfänger.

DIREKTOR *(schwenkt völlig um)*: Sie sind Anfänger? Ja, mein Bester, so leicht geht die Sache im Leben aber nun doch nicht. Nein, das denken Sie sich doch wohl ein bißchen einfach. So mir nichts dir nichts macht man keine Karriere! Sie unterschätzen die Verantwortung von uns Unternehmern! Einen Anfänger bringen, das kann den Ruin bedeuten. <u>Das Publikum will Namen!</u>   *hypocrisy, heuchelei*

BECKMANN: Goethe, Schmeling, Shirley Temple oder sowas, nicht?

DIREKTOR: Eben die. Aber Anfänger? Neulinge, Unbekannte? Wie alt sind Sie denn?

BECKMANN: Fünfundzwanzig.

DIREKTOR: Na, sehen Sie. Lassen Sie sich erst mal den Wind um die Nase wehen, junger Freund. Riechen Sie erst mal ein wenig hinein ins Leben. Was haben Sie denn so bis jetzt gemacht?

BECKMANN: Nichts. Krieg: Gehungert. Gefroren. Geschossen: Krieg. Sonst nichts.

DIREKTOR: Sonst nichts? Na, und was ist das? Reifen Sie auf dem Schlachtfeld des Lebens, mein Freund. Arbeiten Sie. Machen Sie sich einen Namen, dann bringen wir Sie in großer Aufmachung raus. Lernen Sie die Welt kennen, dann kommen Sie wieder. Werden Sie jemand!

BECKMANN *(der bisher ruhig und eintönig war, jetzt allmählich erregter):* Und wo soll ich anfangen? Wo denn? Einmal muß man doch irgendwo eine Chance bekommen. Irgendwo muß doch ein Anfänger mal anfangen. In Rußland ist uns zwar kein Wind um die Nase geweht, aber dafür Metall, viel Metall. Heißes hartes herzloses Metall. Wo sollen wir denn anfangen? Wo denn? Wir wollen doch endlich einmal anfangen! Menschenskind!

DIREKTOR: Menschenskind können Sie sich ruhig verkneifen. Ich habe schließlich keinen nach Sibirien geschickt. Ich nicht.

BECKMANN: Nein, keiner hat uns nach Sibirien geschickt. Wir sind ganz von alleine gegangen. Alle ganz von alleine. Und einige, die sind ganz von alleine dageblieben. Unterm Schnee, unterm Sand. Die hatten eine Chance, die Gebliebenen, die Toten. Aber wir, wir können nun nirgendwo anfangen. Nirgendwo anfangen.

DIREKTOR *(resigniert):* Wie Sie wollen! Also: dann fangen Sie an. Bitte. Stellen Sie sich dahin. Beginnen Sie. Machen Sie nicht so lange. Zeit ist teuer. Also, bitte. Wenn Sie so liebenswürdig sein wollen, fangen Sie an. Ich gebe Ihnen die große Chance. Sie haben immenses Glück: ich leihe Ihnen mein Ohr. Schätzen Sie das, junger Mann, schätzen Sie das, sag ich Ihnen! Fangen Sie also in Gottes Namen an. Bitte. Da. Also.

(Leise Xylophonmusik. Man erkennt die Melodie der «tapferen kleinen Soldatenfrau»)

BECKMANN *(singt, mehr gesprochen, leise, apathisch und monoton):*

> Tapfere kleine Soldatenfrau –
> ich kenn das Lied noch ganz genau,
> das süße schöne Lied.
> Aber in Wirklichkeit: War alles Schiet!

Refrain: Die Welt hat gelacht,
> und ich hab gebrüllt.
> Und der Nebel der Nacht
> hat dann alles verhüllt.
> Nur der Mond grinst noch
> durch ein Loch
> in der Gardine!

Als ich jetzt nach Hause kam,
da war mein Bett besetzt.
Daß ich mir nicht das Leben nahm,
das hat mich selbst entsetzt.

Refrain: Die Welt hat gelacht...

Da hab ich mir um Mitternacht
ein neues Mädchen angelacht.
Von Deutschland hat sie nichts gesagt
Und Deutschland hat auch nicht nach uns gefragt.
Die Nacht war kurz, der Morgen kam,
und da stand einer in der Tür.
Der hatte nur ein Bein und das war ihr Mann.
Und das war morgens um vier.

Refrain: Die Welt hat gelacht...

Nun lauf ich wieder draußen rum
und in mir geht das Lied herum
das Lied von der sau –
das Lied von der sau –
das Lied von der sauberen Soldatenfrau.

(Das Xylophon verkleckert)

DIREKTOR *(feige)*: So übel nicht, nein, wirklich nicht so übel. Ganz brav schon. Für einen Anfänger sehr brav. Aber das Ganze hat natürlich noch zu wenig Esprit, mein lieber junger Mann. Das schillert nicht genug. Der gewisse Glanz fehlt. Das ist natürlich noch keine Dichtung. Es fehlt noch das Timbre und die diskrete pikante Erotik, die gerade das Thema Ehebruch verlangt. Das Publikum will gekitzelt werden und nicht gekniffen. Sonst ist es aber sehr brav für Ihre Jugend. Die Ethik – und die tiefere Weisheit fehlt noch – aber wie gesagt: für einen Anfänger doch nicht so übel! Es ist noch zu sehr Plakat, zu deutlich, –

BECKMANN *(stur vor sich hin)*: – zu deutlich.

DIREKTOR: – zu laut. Zu direkt, verstehen Sie. Ihnen fehlt bei Ihrer Jugend natürlich noch die heitere –

BECKMANN *(stur vor sich hin)*: – heiter.

DIREKTOR: – Gelassenheit, die Überlegenheit. Denken Sie an unseren Altmeister Goethe. Goethe zog mit seinem Herzog ins Feld – und schrieb am Lagerfeuer eine Operette.

BECKMANN *(stur vor sich hin)*: Operette.

DIREKTOR: Das ist Genie! Das ist der große Abstand!

BECKMANN: Ja, das muß man wohl zugeben, das ist ein großer Abstand.

DIREKTOR: Lieber Freund, warten wir noch ein paar Jährchen.

BECKMANN: Warten? Ich hab doch Hunger! Ich muß doch arbeiten!

DIREKTOR: Ja, aber Kunst muß reifen. Ihr Vortrag ist noch ohne Eleganz und Erfahrung. Das ist alles zu grau, zu nackt. Sie machen mir ja das Publikum böse. Nein, wir können die Leute nicht mit Schwarzbrot –

BECKMANN *(stur vor sich hin)*: Schwarzbrot.

DIREKTOR: – füttern, wenn sie Biskuit verlangen. Gedulden Sie sich noch. Arbeiten Sie an sich, feilen Sie, reifen Sie. Dies ist schon ganz brav, wie gesagt, aber es ist noch keine Kunst.

BECKMANN: Kunst, Kunst! Aber es ist doch Wahrheit!

DIREKTOR: Ja, Wahrheit! Mit der Wahrheit hat die Kunst doch nichts zu tun!

BECKMANN *(stur vor sich hin)*: Nein.

DIREKTOR: Mit der Wahrheit kommen Sie nicht weit.

BECKMANN *(stur vor sich hin)*: Nein.

DIREKTOR: Damit machen Sie sich nur unbeliebt. Wo kämen wir hin, wenn alle Leute plötzlich die Wahrheit sagen wollten! Wer will denn heute etwas von der Wahrheit wissen? Hm? Wer? Das sind die Tatsachen, die Sie nie vergessen dürfen.

BECKMANN *(bitter)*: Ja, ja. Ich verstehe. Danke auch. Langsam verstehe ich schon. Das sind die Tatsachen, die man nie vergessen darf, *(seine Stimme wird immer härter, bis sie beim Kreischen der Tür ganz laut wird)* die man nie vergessen darf: mit der Wahrheit kommt man nicht weit. Mit der Wahrheit macht man sich nur unbeliebt. Wer will denn heute etwas von der Wahrheit wissen? *(laut)* – Ja, langsam verstehe ich schon, das sind so die Tatsachen – – –

(Beckmann geht grußlos ab. Eine Tür kreischt und schlägt zu)

DIREKTOR: Aber junger Mann! Warum gleich so empfindlich?

BECKMANN *(verzweifelt)*:

Der Schnaps war alle
und die Welt war grau,
wie das Fell, wie das Fell
einer alten Sau!

Der Weg in die Elbe geht geradeaus.

DER ANDERE: Bleib hier, Beckmann! Die Straße ist hier! Hier oben!

BECKMANN: Die Straße stinkt nach Blut. Hier haben sie die Wahrheit massakriert. Meine Straße will zur Elbe! Und die geht hier unten!

DER ANDERE: Komm, Beckmann, du darfst nicht verzweifeln! Die Wahrheit lebt!

BECKMANN: Mit der Wahrheit ist das wie mit einer stadtbekannten Hure. Jeder kennt sie, aber es ist peinlich, wenn man ihr auf der Straße begegnet. Damit muß man es heimlich halten, nachts. Am Tage ist sie

33

grau, roh und häßlich, die Hure und die Wahrheit. Und mancher verdaut sie ein ganzes Leben nicht.

DER ANDERE: Komm, Beckmann, irgendwo steht immer eine Tür offen.

BECKMANN: Ja, für Goethe. Für Shirley Temple oder Schmeling. Aber ich bin bloß Beckmann. Beckmann mit 'ner ulkigen Brille und 'ner ulkigen Frisur. Beckmann mit 'nem Humpelbein und 'nem Weihnachtsmannmantel. Ich bin nur ein schlechter Witz, den der Krieg gemacht hat, ein Gespenst von gestern. Und weil ich nur Beckmann bin und nicht Mozart, deswegen sind alle Türen zu. Bums. Deswegen stehe ich draußen. Bums. Mal wieder. Bums. Und immer noch. Bums. Und immer wieder draußen. Bums. Und weil ich ein Anfänger bin, deswegen kann ich nirgendwo anfangen. Und weil ich zu leise bin, bin ich kein Offizier geworden! Und weil ich zu laut bin, mach ich das Publikum bange. Und weil ich ein Herz habe, das nachts schreit über die Toten, deswegen muß ich erst wieder ein Mensch werden. Im Anzug von Herrn Oberst.

> Der Schnaps ist alle
> und die Welt ist grau,
> wie das Fell, wie das Fell
> von einer alten Sau!

Die Straße stinkt nach Blut, weil man die Wahrheit massakriert hat, und alle Türen sind zu. Ich will nach Hause, aber alle Straßen sind finster. Nur die Straße nach der Elbe runter, die ist hell. Oh, die ist hell!

DER ANDERE: Bleib hier, Beckmann! Deine Straße ist doch hier. Hier geht es nach Hause. Du mußt nach Hause, Beckmann. Dein Vater sitzt in der Stube und wartet. Und deine Mutter steht schon an der Tür. Sie hat deinen Schritt erkannt.

BECKMANN: Mein Gott! Nach Hause! Ja, ich will nach Hause. Ich will zu meiner Mutter! Ich will endlich zu meiner Mutter!!! Zu meiner –

DER ANDERE: Komm. Hier ist deine Straße. Da, wo man zuerst hingehen sollte, daran denkt man zuletzt.

BECKMANN: Nach Hause, wo meine Mutter ist, meine Mutter –––

5. SZENE

Ein Haus. Eine Tür. Beckmann

BECKMANN: Unser Haus steht noch! Und es hat eine Tür. Und die Tür ist für mich da. Meine Mutter ist da und macht mir die Tür auf und läßt mich rein. Daß unser Haus noch steht! Die Treppe knarrt auch immer noch. Und da ist unsere Tür. Da kommt mein Vater jeden Morgen um acht Uhr raus. Da geht er jeden Abend wieder rein. Nur sonntags nicht. Da fuchtelt er mit dem Schlüsselbund umher und knurrt vor sich hin. Jeden Tag. Ein ganzes Leben. Da geht meine Mutter rein und raus. Dreimal, siebenmal, zehnmal am Tag. Jeden Tag. Ein Leben lang. Ein langes Leben lang. Das ist unsere Tür. Dahinter miaut die Küchentür, dahinter kratzt die Uhr mit ihrer heiseren Stimme die unwiederbringlichen Stunden. Dahinter habe ich auf einem umgekippten Stuhl gesessen und Rennfahrer gespielt. Und dahinter hustet mein Vater. Dahinter rülpst der ausgeleierte Wasserhahn und die Kacheln in der Küche klickern, wenn meine Mutter da herumpütschert. Das ist unsere Tür. Dahinter röppelt sich ein Leben ab von einem ewigen Knäuel. Ein Leben, das schon immer so war, dreißig Jahre lang. Und das immer so weitergeht. Der Krieg ist an dieser Tür vorbeigegangen. Er hat sie nicht eingeschlagen und nicht aus den Angeln gerissen. Unsere Tür hat er stehen lassen, zufällig, aus Versehen. Und nun ist diese Tür für mich da. Für mich geht sie auf. Und hinter mir geht sie zu, und dann stehe ich nicht mehr draußen. Dann bin ich zu Hause. Das ist unsere alte Tür mit ihrer abgeblätterten Farbe und dem verbeulten Briefkasten. Mit dem wackeligen weißen Klingelknopf und dem blanken Messingschild, das meine Mutter jeden Morgen putzt und auf dem unser Name steht: Beckmann –

Nein, das Messingschild ist ja gar nicht mehr da! Warum ist denn das Messingschild nicht mehr da? Wer hat denn unseren Namen weggenommen? Was soll denn diese schmutzige Pappkarte an unserer Tür? Mit diesem fremden Namen? Hier wohnt doch gar kein Kramer! Warum steht denn unser Name nicht mehr an der Tür? Der steht doch schon seit dreißig Jahren da. Der kann doch nicht einfach abgemacht und durch einen anderen ersetzt werden! Wo ist denn unser Messingschild? Die andern Namen im Haus sind doch auch noch alle an ihren Türen. Wie immer. Warum steht hier denn nicht mehr Beckmann? Da kann man doch nicht einfach einen anderen Namen annageln, wenn da dreißig Jahre lang Beckmann angestanden hat. Wer ist denn dieser Kramer!?

(Er klingelt. Die Tür geht kreischend auf)

FRAU KRAMER *(mit einer gleichgültigen, grauenhaften, glatten Freundlichkeit, die furchtbarer ist als alle Roheit und Brutalität)*: Was wollen Sie?

BECKMANN: Ja, guten Tag, ich –

FRAU KRAMER: Was?

BECKMANN: Wissen Sie, wo unser Messingschild geblieben ist?

FRAU KRAMER: Was für ein «unser Schild»?

BECKMANN: Das Schild, das hier immer an war. Dreißig Jahre lang.

FRAU KRAMER: Weiß ich nicht.

Beckmann: Wissen Sie denn nicht, wo meine Eltern sind?

Frau Kramer: Wer sind das? Wer sind Sie denn?

Beckmann: Ich heiße Beckmann. Ich bin hier doch geboren. Das ist doch unsere Wohnung.

Frau Kramer *(immer mehr schwatzhaft und schnodderig als absichtlich gemein)*: Nein, das stimmt nicht. Das ist unsere Wohnung. Geboren können Sie hier ja meinetwegen sein, das ist mir egal, aber Ihre Wohnung ist das nicht. Die gehört uns.

Beckmann: Ja, ja. Aber wo sind denn meine Eltern geblieben? Die müssen doch irgendwo wohnen!

Frau Kramer: Sie sind der Sohn von diesen Leuten, von diesen Beckmanns, sagen Sie? Sie heißen Beckmann?

Beckmann: Ja, natürlich, ich bin Beckmann. Ich bin doch hier in dieser Wohnung geboren.

Frau Kramer: Das können Sie ja auch. Das ist mir ganz egal. Aber die Wohnung gehört uns.

Beckmann: Aber meine Eltern! Wo sind meine Eltern denn abgeblieben? Können Sie mir denn nicht sagen, wo sie sind?

Frau Kramer: Das wissen Sie nicht? Und Sie wollen der Sohn sein, sagen Sie? Sie kommen mir aber vor! Wenn Sie das nicht mal wissen, wissen Sie?

Beckmann: Um Gottes willen, wo sind sie denn hin, die alten Leute? Sie haben hier dreißig Jahre gewohnt, und nun sollen sie mit einmal nicht mehr da sein? Reden Sie doch was! Sie müssen doch irgendwo sein!

Frau Kramer: Doch. Soviel ich weiß: Kapelle 5.

Beckmann: Kapelle 5? Was für eine Kapelle 5 denn?

Frau Kramer *(resigniert, eher wehleidig als brutal)*: Kapelle 5 in Ohlsdorf. Wissen Sie, was Ohlsdorf ist? Ne Gräberkolonie. Wissen Sie, wo Ohlsdorf liegt? Bei Fuhlsbüttel. Da oben sind die drei Endstationen von Hamburg. In Fuhlsbüttel das Gefängnis, in Alsterdorf die Irrenanstalt. Und in Ohlsdorf der Friedhof. Sehen Sie, und da sind sie geblieben, Ihre Alten. Da wohnen sie nun. Verzogen, abgewandert, parti. Und das wollen Sie nicht wissen?

Beckmann: Was machen sie denn da? Sind sie denn tot? Sie haben doch noch eben gelebt. Woher soll ich das denn wissen? Ich war drei Jahre lang in Sibirien. Über tausend Tage. Sie sollen tot sein? Eben waren sie doch noch da. Warum sind sie denn gestorben, ehe ich nach Hause kam? Ihnen fehlte doch nichts. Nur daß mein Vater den Husten hatte. Aber den hatte er immer. Und daß meine Mutter kalte Füße hatte von der gekachelten Küche. Aber davon stirbt man doch nicht. Warum sind sie denn gestorben? Sie hatten doch gar keinen Grund. Sie können doch nicht so einfach stillschweigend wegsterben!

Frau Kramer *(vertraulich, schlampig, auf rauhe Art sentimental)*: Na,

Sie sind vielleicht 'ne Marke, Sie komischer Sohn. Gut, Schwamm drüber. Tausend Tage Sibirien ist auch kein Spaß. Versteh schon, wenn man dabei durchdreht und in die Knie geht. Die alten Beckmanns konnten nicht mehr, wissen Sie. Hatten sich ein bißchen verausgabt im Dritten Reich, das wissen Sie doch. Was braucht so ein alter Mann noch Uniform zu tragen. Und dann war er ein bißchen doll auf die Juden, das wissen Sie doch, Sie, Sohn, Sie. Die Juden konnte Ihr Alter nicht verknusen. Die regten seine Galle an. Er wollte sie alle eigenhändig nach Palästina jagen, hat er immer gedonnert. Im Luftschutzkeller, wissen Sie, immer wenn eine Bombe runterging, hat er einen Fluch auf die Juden losgelassen. War ein bißchen sehr aktiv, Ihr alter Herr. Hat sich reichlich verausgabt bei den Nazis. Na, und als das braune Zeitalter vorbei war, da haben sie ihn dann hochgehen lassen, den Herrn Vater. Wegen den Juden. War ja ein bißchen doll, das mit den Juden. Warum konnte er auch seinen Mund nicht halten. War eben zu aktiv, der alte Beckmann. Und als es nun vorbei war mit den braunen Jungs, da haben sie ihm mal ein bißchen auf den Zahn gefühlt. Na, und der Zahn war ja faul, das muß man wohl sagen, der war ganz oberfaul. – Sagen Sie mal, ich freue mich schon die ganze Zeit über das drollige Ding, was Sie da als Brille auf die Nase gebastelt haben. Wozu machen Sie denn so einen Heckmeck. Das kann man doch nicht als vernünftige Brille ansprechen. Haben Sie denn keine normale, Junge?

BECKMANN *(automatisch)*: Nein. Das ist eine Gasmaskenbrille, die bekamen die Soldaten, die –

FRAU KRAMER: Kenn ich doch. Weiß ich doch. Ne, aber aufsetzen würde ich sowas nicht. Dann lieber zu Hause bleiben. Das wär was für meinen Alten. Wissen Sie, was der zu Ihnen sagen würde? Der würde sagen: Mensch, Junge, nimm doch das Brückengeländer aus dem Antlitz!

BECKMANN: Weiter. Was ist mit meinem Vater. Erzählen Sie doch weiter. Es war gerade so spannend. Los, weiter, Frau Kramer, immer weiter!

FRAU KRAMER: Da ist nichts mehr zu erzählen. An die Luft gesetzt haben sie Ihren Papa, ohne Pension, versteht sich. Und dann sollten sie noch aus der Wohnung raus. Nur den Kochtopf durften sie behalten. Das war natürlich trübe. Und das hat den beiden Alten den Rest gegeben. Da konnten sie wohl nicht mehr. Und sie mochten auch nicht mehr. Na, da haben sie sich dann selbst endgültig entnazifiziert. Das war nun wieder konsequent von Ihrem Alten, das muß man ihm lassen.

BECKMANN: Was haben sie? Sich selbst –

FRAU KRAMER *(mehr gutmütig als gemein)*: Entnazifiziert. Das sagen wir so, wissen Sie. Das ist so ein Privatausdruck von uns. Ja, die alten Herrschaften von Ihnen hatten nicht mehr die rechte Lust. Einen Morgen lagen sie steif und blau in der Küche. So was Dummes, sagt mein Alter, von dem Gas hätten wir einen ganzen Monat kochen können.

BECKMANN *(leise, aber furchtbar drohend)*: Ich glaube, es ist gut, wenn Sie die Tür zumachen, ganz schnell. Ganz schnell! Und schließen Sie ab. Machen Sie ganz schnell Ihre Tür zu, sag ich Ihnen! Machen Sie!
(Die Tür kreischt, Frau Kramer schreit hysterisch, die Tür schlägt zu)

BECKMANN *(leise)*: Ich halt es nicht aus! Ich halt es nicht aus! Ich halt es nicht aus!

DER ANDERE: Doch, Beckmann, doch! Man hält das aus.

BECKMANN: Nein! Ich will das alles nicht mehr aushalten! Geh weg! Du blödsinniger Jasager! Geh weg!

DER ANDERE: Nein, Beckmann. Deine Straße ist hier oben. Komm, bleib oben, Beckmann, deine Straße ist noch lang. Komm!

BECKMANN: Du bist ein Schwein! – Aber man hält das wohl aus, o ja. Man hält das aus, auf dieser Straße, und geht weiter. Manchmal bleibt einem die Luft weg oder man möchte einen Mord begehen. Aber man atmet weiter, und der Mord geschieht nicht. Man schreit auch nicht mehr, und man schluchzt nicht. Man hält es aus. Zwei Tote. Wer redet heute von zwei Toten!

DER ANDERE: Sei still, Beckmann. Komm!

BECKMANN: Es ist natürlich ärgerlich, wenn es gerade deine Eltern sind, die beiden Toten. Aber zwei Tote, alte Leute? Schade um das Gas! Davon hätte man einen ganzen Monat kochen können.

DER ANDERE: Hör nicht hin, Beckmann. Komm. Die Straße wartet.

BECKMANN: Ja, hör nicht hin. Dabei hat man ein Herz, das schreit, ein Herz, das einen Mord begehen möchte. Ein armes Luder von Herz, das diese Traurigen, die um das Gas trauern, ermorden möchte! Ein Herz hat man, das will pennen, tief in der Elbe, verstehst du. Das Herz hat sich heiser geschrien, und keiner hat es gehört. Hier unten keiner. Und da oben keiner. Zwei alte Leute sind in die Gräberkolonie Ohlsdorf abgewandert. Gestern waren es vielleicht zweitausend, vorgestern vielleicht siebzigtausend. Morgen werden es viertausend oder sechs Millionen sein. Abgewandert in die Massengräber der Welt. Wer fragt danach? Keiner. Hier unten kein Menschenohr. Da oben kein Gottesohr. Gott schläft, und wir leben weiter.

DER ANDERE: Beckmann! Beckmann! Hör nicht hin, Beckmann. Du siehst alles durch deine Gasmaskenbrille. Du siehst alles verbogen, Beckmann. Hör nicht hin, du. Früher gab es Zeiten, Beckmann, wo die Zeitungsleser abends in Kapstadt unter ihren grünen Lampenschirmen tief aufseufzten, wenn sie lasen, daß in Alaska zwei Mädchen im Eis erfroren waren. Früher war es doch so, daß sie in Hamburg nicht einschlafen konnten, weil man in Boston ein Kind entführt hatte. Früher konnte es wohl vorkommen, daß sie in San Franzisko trauerten, wenn bei Paris ein Ballonfahrer abgestürzt war.

BECKMANN: Früher, früher, früher! Wann war das? Vor zehntausend Jahren? Heute tun es nur noch Totenlisten mit sechs Nullen. Aber die Menschen seufzen nicht mehr unter ihren Lampen, sie schlafen ruhig und tief, wenn sie noch ein Bett haben. Sie sehen stumm und randvoll mit Leid aneinander vorbei: hohlwangig, hart, bitter, verkrümmt, einsam. Sie werden mit Zahlen gefüttert, die sie kaum aussprechen können, weil sie so lang sind. Und die Zahlen bedeuten –

DER ANDERE: Hör nicht hin, Beckmann.

BECKMANN: Hör hin, hör hin, bis du umkommst! Die Zahlen sind so lang, daß man sie kaum aussprechen kann. Und die Zahlen bedeuten –

DER ANDERE: Hör nicht hin –

BECKMANN: Hör hin! Sie bedeuten: Tote, Halbtote, Granatentote, Splittertote, Hungertote, Bombentote, Eissturmtote, Ozeantote, Verzweiflungstote, Verlorene, Verlaufene, Verschollene. Und diese Zahlen haben mehr Nullen, als wir Finger an der Hand haben!

DER ANDERE: Hör doch nicht hin, du. Die Straße wartet, Beckmann, komm!

BECKMANN: Du, du! Wo geht sie hin, du? Wo sind wir? Sind wir noch hier? Ist dies noch die alte Erde? Ist uns kein Fell gewachsen, du? Wächst uns kein Schwanz, kein Raubtiergebiß, keine Kralle? Gehen wir noch auf zwei Beinen? Mensch, Mensch, was für eine Straße bist du? Wo gehst du hin? Antworte doch, du Anderer, du Jasager! Antworte doch, du ewiger Antworter!

DER ANDERE: Du verläufst dich, Beckmann, komm, bleib oben, deine Straße ist hier! Hör nicht hin. Die Straße geht auf und ab. Schrei nicht los, wenn sie abwärts geht und wenn es dunkel ist – die Straße geht weiter, und überall gibt es Lampen: Sonne, Sterne, Frauen, Fenster, Laternen und offene Türen. Schrei nicht los, wenn du eine halbe Stunde im Nebel stehst, nachts, einsam. Du triffst immer wieder auf die andern. Komm, Junge, werd nicht müde! Hör nicht hin auf die sentimentale Klimperei des süßen Xylophonspielers, hör nicht hin.

BECKMANN: Hör nicht hin? Ist das deine ganze Antwort? Millionen Tote, Halbtote, Verschollene – das ist alles gleich? Und du sagst: Hör nicht hin! Ich habe mich verlaufen? Ja, die Straße ist grau, grausam und abgründig. Aber wir sind draußen auf ihr unterwegs, wir humpeln, heulen und hungern auf ihr entlang, arm, kalt und müde! Aber die Elbe hat mich wieder ausgekotzt wie einen faulen Bissen. Die Elbe läßt mich nicht schlafen. Ich soll leben, sagst du! Dieses Leben leben? Dann sag mir auch: Wozu? Für wen? Für was?

DER ANDERE: Für dich! Für das Leben! Deine Straße wartet. Und hin und wieder kommen Laternen. Bist du so feige, daß du Angst hast vor der Finsternis zwischen zwei Laternen? Willst du nur Laternen haben? Komm, Beckmann, weiter, bis zur nächsten Laterne.

BECKMANN: Ich habe Hunger, du. Mich friert, hörst du. Ich kann nicht mehr stehen, du, ich bin müde. Mach eine Tür auf, du. Ich habe Hunger! Die Straße ist finster, und alle Türen sind zu. – Halt deinen Mund Jasager, schon deine Lunge für andere: Ich habe Heimweh! Nach meiner Mutter! Ich habe Hunger auf Schwarzbrot! Es brauchen keine Biskuits zu sein, nein, das ist nicht nötig. Meine Mutter hätte sicher 'n Stück Schwarzbrot für mich gehabt – und warme Strümpfe. Und dann hätte ich mich satt und warm zu Herrn Oberst in den weichen Sessel gesetzt und Dostojewski gelesen. Oder Gorki. Das ist herrlich, wenn man satt und warm ist, vom Elend anderer Leute zu lesen und so recht mitleidig zu seufzen. Aber leider fallen mir dauernd die Augen zu. Ich bin hundehundemüde. Ich möchte gähnen können wie ein Hund – bis zum Kehlkopf gähnen. Und ich kann nicht mehr stehen. Ich bin müde, du. Und jetzt will ich nicht mehr. Ich kann nicht mehr, verstehst du? Keinen Millimeter. Keinen –

DER ANDERE: Beckmann, gib nicht nach. Komm, Beckmann, das Leben wartet, Beckmann, komm!

BECKMANN: Ich will nicht Dostojewski lesen, ich habe selber Angst. Ich komme nicht. Nein. Ich bin müde. Nein, du, ich komme nicht. Ich will pennen. Hier vor meiner Tür. Ich setze mich vor meiner Tür auf die Treppe, du, und dann penn ich. Penn ich, penn ich, bis eines Tages die Mauern des Hauses anfangen zu knistern und vor Altersschwäche auseinander zu krümeln. Oder bis zur nächsten Mobilmachung. Ich bin müde wie eine ganze gähnende Welt!

DER ANDERE: Werd nicht müde, Beckmann. Komm. Lebe!

BECKMANN: Dieses Leben? Nein, dieses Leben ist weniger als Nichts. Ich mach nicht mehr mit, du. Was sagst du? Vorwärts, Kameraden, das Stück wird selbstverständlich brav bis zu Ende gespielt. Wer weiß, in welcher finsteren Ecke wir liegen oder an welcher süßen Brust, wenn der Vorhang endlich, endlich fällt. Fünf graue verregnete Akte!

DER ANDERE: Mach mit. Das Leben ist lebendig, Beckmann. Sei mit lebendig!

BECKMANN: Sei still. Das Leben ist so:
1. Akt: Grauer Himmel. Es wird einem wehgetan.
2. Akt: Grauer Himmel. Man tut wieder weh.
3. Akt: Es wird dunkel und es regnet.
4. Akt: Es ist noch dunkler. Man sieht eine Tür.
5. Akt: Es ist Nacht, tiefe Nacht, und die Tür ist zu. Man steht draußen. Draußen vor der Tür. An der Elbe steht man, an der Seine, an der Wolga, am Mississippi. Man steht da, spinnt, friert, hungert und ist verdammt müde. Und dann auf einmal plumpst es, und die Wellen machen niedliche kleine kreisrunde Kreise, und dann rauscht der Vorhang. Fische und Würmer spendieren einen lautlosen Beifall. – So ist das! Ist das viel mehr als Nichts? Ich – ich mach jedenfalls nicht mehr mit. Mein Gähnen ist groß wie die weite Welt!

DER ANDERE: Schlaf nicht ein, Beckmann! Du mußt weiter.

BECKMANN: Was sagst du? Du sprichst ja auf einmal so leise.

DER ANDERE: Steh auf, Beckmann, die Straße wartet.

BECKMANN: Die Straße wird wohl auf meinen müden Schritt verzichten müssen. Warum bist du denn so weit weg? Ich kann dich gar nicht mehr – kaum noch – ver-stehen – – –
(Er gähnt)

DER ANDERE: Beckmann! Beckmann!

BECKMANN: Hm – – *(Er schläft ein)*

DER ANDERE: Beckmann, du schläfst ja!

BECKMANN *(im Schlaf)*: Ja, ich schlafe.

DER ANDERE: Wach auf, Beckmann, du mußt leben!

BECKMANN: Nein, ich denke gar nicht daran, aufzuwachen. Ich träume gerade. Ich träume einen wunderschönen Traum.

DER ANDERE: Träum nicht weiter, Beckmann, du mußt leben.

BECKMANN: Leben? Ach wo, ich träume doch gerade, daß ich sterbe.

DER ANDERE: Steh auf, sag ich! Lebe!

BECKMANN: Nein. Aufstehen mag ich nicht mehr. Ich träume doch gerade so schön. Ich liege auf der Straße und sterbe. Die Lunge macht nicht mehr mit, das Herz macht nicht mehr mit und die Beine nicht. Der ganze Beckmann macht nicht mehr mit, hörst du? Glatte Befehlsverweigerung. Unteroffizier Beckmann macht nicht mehr mit. Toll, was?

DER ANDERE: Komm, Beckmann, du mußt weiter.

BECKMANN: Weiter? Abwärts, meinst du, weiter abwärts! A bas, sagt der Franzose. Es ist so schön, zu sterben, du, das hab ich nicht gedacht. Ich glaube, der Tod muß ganz erträglich sein. Es ist doch noch keiner wieder zurückgekommen, weil er den Tod nicht aushalten konnte. Vielleicht ist er ganz nett, der Tod, vielleicht viel netter als das Leben. Vielleicht – – –
Ich glaube sogar, ich bin schon im Himmel. Ich fühl mich gar nicht mehr – und das ist, wie im Himmel sein, sich nicht mehr fühlen. Und da kommt auch ein alter Mann, der sieht aus wie der liebe Gott. Ja, beinahe wie der liebe Gott. Nur etwas zu theologisch. Und so weinerlich. Ob das der liebe Gott ist? Guten Tag, alter Mann. Bist du der liebe Gott?

GOTT *(weinerlich)*: Ich bin der liebe Gott, mein Junge, mein armer Junge!

BECKMANN: Ach, du bist also der liebe Gott. Wer hat dich eigentlich so genannt, lieber Gott? Die Menschen? Ja? Oder du selbst?

GOTT: Die Menschen nennen mich den lieben Gott.

BECKMANN: Seltsam, ja, das müssen ganz seltsame Menschen sein, die dich so nennen. Das sind wohl die Zufriedenen, die Satten, die Glücklichen, und die, die Angst vor dir haben. Die im Sonnenschein gehen, verliebt oder satt oder zufrieden – oder die es nachts mit der Angst kriegen, die sagen: Lieber Gott! Lieber Gott! Aber ich sage nicht Lieber Gott, du, ich kenne keinen, der ein lieber Gott ist, du!

GOTT: Mein Kind, mein armes –

BECKMANN: Wann bist du eigentlich lieb, lieber Gott? Warst du lieb, als du meinen Jungen, der gerade ein Jahr alt war, als du meinen kleinen Jungen von einer brüllenden Bombe zerreißen ließt? Warst du da lieb, als du ihn ermorden ließt, lieber Gott, ja?

GOTT: Ich hab ihn nicht ermorden lassen.

BECKMANN: Nein, richtig. Du hast es nur zugelassen. Du hast nicht hingehört, als er schrie und als die Bomben brüllten. Wo warst du da eigentlich, als die Bomben brüllten, lieber Gott? Oder warst du lieb, als von meinem Spähtrupp elf Mann fehlten? Elf Mann zu wenig, lieber Gott, und du warst gar nicht da, lieber Gott. Die elf Mann haben gewiß laut geschrien in dem einsamen Wald, aber du warst nicht da, einfach nicht da, lieber Gott. Warst du in Stalingrad lieb, lieber Gott, warst du da lieb, wie? Ja? Wann warst du denn eigentlich lieb, Gott, wann? Wann hast du dich jemals um uns gekümmert, Gott?

GOTT: Keiner glaubt mehr an mich. Du nicht, keiner. Ich bin der Gott, an den keiner mehr glaubt. Und um den sich keiner mehr kümmert. Ihr kümmert euch nicht um mich.

BECKMANN: Hat auch Gott Theologie studiert? Wer kümmert sich um wen? Ach, du bist alt, Gott, du bist unmodern, du kommst mit unsern langen Listen von Toten und Ängsten nicht mehr mit. Wir kennen dich nicht mehr so recht, du bist ein Märchenbuchliebergott. Heute brauchen wir einen neuen. Weißt du, einen für unsere Angst und Not. Einen ganz neuen. Oh, wir haben dich gesucht, Gott, in jeder Ruine, in jedem Granattrichter, in jeder Nacht. Wir haben dich gerufen. Gott! Wir haben nach dir gebrüllt, geweint, geflucht! Wo warst du da, lieber Gott? Wo bist du heute abend? Hast du dich von uns gewandt? Hast du dich ganz in deine schönen alten Kirchen eingemauert, Gott? Hörst du unser Geschrei nicht durch die zerklirrten Fenster, Gott? Wo bist du?

GOTT: Meine Kinder haben sich von mir gewandt, nicht ich von ihnen. Ihr von mir, ihr von mir. Ich bin der Gott, an den keiner mehr glaubt. Ihr habt euch von mir gewandt.

BECKMANN: Geh weg, alter Mann. Du verdirbst mir meinen Tod. Geh weg, ich sehe, du bist nur ein weinerlicher Theologe. Du drehst die Sätze um: ·Wer kümmert sich um wen? Wer hat sich von wem gewandt? Ihr von mir? Wir von dir? Du bist tot, Gott. Sei lebendig, sei mit uns lebendig, nachts, wenn es kalt ist, einsam und wenn der Magen knurrt in der Stille – dann sei mit uns lebendig, Gott. Ach, geh weg, du bist ein tintenblütiger Theologe, geh weg, du bist weinerlich, alter, alter Mann!

GOTT: Mein Junge, mein armer Junge! Ich kann es nicht ändern! Ich kann es doch nicht ändern!

BECKMANN: Ja, das ist es, Gott. Du kannst es nicht ändern. Wir fürchten dich nicht mehr. Wir lieben nicht mehr. Und du bist unmodern. Die Theologen haben dich alt werden lassen. Deine Hosen sind zerfranst, deine Sohlen durchlöchert, und deine Stimme ist leise geworden – zu leise für den Donner unserer Zeit. Wir können dich nicht mehr hören.

GOTT: Nein, keiner hört mich, keiner mehr. Ihr seid zu laut!

BECKMANN: Oder bist du zu leise, Gott? Hast du zuviel Tinte im Blut, Gott, zuviel dünne Theologentinte? Geh, alter Mann, sie haben dich in den Kirchen eingemauert, wir hören einander nicht mehr. Geh, aber sieh zu, daß du vor Anbruch der restlosen Finsternis irgendwo ein Loch oder einen neuen Anzug findest oder einen dunklen Wald, sonst schieben sie dir nachher alles in die Schuhe, wenn es schief gegangen ist. Und fall nicht im Dunkeln, alter Mann, der Weg ist sehr abschüssig und liegt voller Gerippe. Halt dir die Nase zu, Gott. Und dann schlaf auch gut, alter Mann, schlaf weiter so gut. Gute Nacht!

GOTT: Einen neuen Anzug oder einen dunklen Wald? Meine armen, armen Kinder! Mein lieber Junge –

BECKMANN: Ja, geh, gute Nacht!

GOTT: Meine armen, armen – – (er geht ab)

BECKMANN: Die alten Leute haben es heute am schwersten, die sich nicht mehr auf die neuen Verhältnisse umstellen können. Wir stehen alle draußen. Auch Gott steht draußen, und keiner macht ihm mehr eine Tür auf. Nur der Tod, der Tod hat zuletzt doch eine Tür für uns. Und dahin bin ich unterwegs.

DER ANDERE: Du mußt nicht auf die Tür warten, die der Tod uns aufmacht. Das Leben hat tausend Türen. Wer verspricht dir, daß hinter der Tür des Todes mehr ist als nichts?

BECKMANN: Und was ist hinter den Türen, die das Leben uns aufmacht?

DER ANDERE: Das Leben! Das Leben selbst! Komm, du mußt weiter.

BECKMANN: Ich kann nicht mehr. Hörst du nicht, wie meine Lungen rasseln: Kchch – Kchch – Kchch. Ich kann nicht mehr.

DER ANDERE: Du kannst. Deine Lungen rasseln nicht.

BECKMANN: Meine Lungen rasseln. Was soll denn sonst so rasseln? Hör doch: Kchch – Kchch – Kchch – Was denn sonst?

DER ANDERE: Ein Straßenfegerbesen! Da, da kommt ein Straßenfeger. Kommt da an uns vorbei, und sein Besen kratzt wie eine Asthmalunge über das Pflaster. Deine Lunge rasselt nicht. Hörst du? Das ist der Besen. Hör doch: Kchch – Kchch – Kchch.

BECKMANN: Der Straßenfegerbesen macht Kchch – Kchch wie die Lunge eines, der verröchelt. Und der Straßenfeger hat rote Streifen an den Hosen. Es ist ein Generalstraßenfeger. Ein deutscher Generalstraßenfeger. Und wenn der fegt, dann machen die rasselnden Sterbelungen: Kchch – Kchch – Kchch. Straßenfeger!

STRASSENFEGER: Ich bin kein Straßenfeger.

BECKMANN: Du bist kein Straßenfeger? Was bist du denn?

STRASSENFEGER: Ich bin ein Angestellter des Beerdigungsinstitutes Abfall und Verwesung.

BECKMANN: Du bist der Tod! Und du gehst als Straßenfeger?

STRASSENFEGER: Heute als Straßenfeger. Gestern als General. Der Tod darf nicht wählerisch sein. Tote gibt es überall. Und heute liegen sie sogar auf der Straße. Gestern lagen sie auf dem Schlachtfeld – da war der Tod General, und die Begleitmusik spielte Xylophon. Heute liegen sie auf der Straße, und der Besen des Todes macht Kchch – Kchch.

BECKMANN: Und der Besen des Todes macht Kchch – Kchch. Vom General zum Straßenfeger. Sind die Toten so im Kurs gesunken?

STRASSENFEGER: Sie sinken. Sie sinken. Kein Salut. Kein Sterbegeläut. Keine Grabrede. Kein Kriegerdenkmal. Sie sinken. Sie sinken. Und der Besen macht Kchch – Kchch.

BECKMANN: Mußt du schon weiter? Bleib doch hier. Nimm mich mit. Tod, Tod – du vergißt mich ja – Tod!

STRASSENFEGER: Ich vergesse keinen. Mein Xylophon spielt Alte Kameraden, und mein Besen macht Kchch – Kchch – Kchch. Ich vergesse keinen.

BECKMANN: Tod, Tod, laß mir die Tür offen. Tod, mach die Tür nicht zu. Tod –

STRASSENFEGER: Meine Tür steht immer offen. Immer. Morgens. Nachmittags. Nachts. Im Licht und im Nebel. Immer ist meine Tür offen. Immer. Überall. Und mein Besen macht Kchch – Kchch. *(Das Kchch – Kchch wird immer leiser, der Tod geht ab)*

BECKMANN: Kchch – Kchch. Hörst du, wie meine Lunge rasselt? Wie der Besen eines Straßenfegers. Und der Straßenfeger läßt die Tür weit offen. Und der Straßenfeger heißt Tod. Und sein Besen macht wie meine Lunge, wie eine alte heisere Uhr: Kchch – Kchch . . .

DER ANDERE: Beckmann, steh auf, noch ist es Zeit. Komm, atme, atme dich gesund.

BECKMANN: Aber meine Lunge macht doch schon –

DER ANDERE: Deine Lunge macht das nicht. Das war der Besen, Beckmann, von einem Staatsbeamten.

BECKMANN: Von einem Staatsbeamten?

DER ANDERE: Ja, der ist längst vorbei. Komm, steh wieder auf, atme. Das Leben wartet mit tausend Laternen und tausend offenen Türen.

BECKMANN: Eine Tür, eine genügt. Und die läßt er offen, hat er gesagt, für mich, für immer, jederzeit. Eine Tür.

DER ANDERE: Steh auf, du träumst einen tödlichen Traum. Du stirbst an dem Traum. Steh auf.

BECKMANN: Nein, ich bleibe liegen. Hier vor der Tür. Und die Tür steht offen – hat er gesagt. Hier bleib ich liegen. Aufstehen soll ich? Nein, ich träume doch gerade so schön, du. Einen ganz wunderschönen schönen Traum. Ich träume, träume, daß alles aus ist. Ein Straßenfeger kam vorbei, und der nannte sich Tod. Und sein Besen kratzte wie meine Lunge. Tödlich. Und der hat mir eine Tür versprochen, eine offene Tür. Straßenfeger können nette Leute sein. Nett wie der Tod. Und so ein Straßenfeger ging an mir vorbei.

DER ANDERE: Du träumst, Beckmann, du träumst einen bösen Traum. Wach auf, lebe!

BECKMANN: Leben? Ich liege doch auf der Straße, und alles, alles, du, alles ist aus. Ich jedenfalls bin tot. Alles ist aus, und ich bin tot, schön tot.

DER ANDERE: Beckmann, Beckmann, du mußt leben. Alles lebt. Neben dir. Links, rechts, vor dir: die andern. Und du? Wo bist du? Lebe, Beckmann, alles lebt!

BECKMANN: Die andern? Wer ist das? Der Oberst? Der Direktor? Frau Kramer? Leben mit ihnen? Oh, ich bin so schön tot. Die andern sind weit weg, und ich will sie nie wiedersehen. Die andern sind Mörder.

DER ANDERE: Beckmann, du lügst.

BECKMANN: Ich lüge? Sind sie nicht schlecht? Sind sie gut?

DER ANDERE: Du kennst die Menschen nicht. Sie sind gut.

BECKMANN: Oh, sie sind gut. Und in aller Güte haben sie mich umgebracht. Totgelacht. Vor die Tür gesetzt. Davongejagt. In aller Menschengüte. Sie sind stur bis tief in ihre Träume hinein. Bis in den tiefsten Schlaf stur. Und sie gehen an meiner Leiche vorbei – stur bis in den Schlaf. Sie lachen und kauen und singen und schlafen und verdauen an meiner Leiche vorbei. Mein Tod ist nichts.

DER ANDERE: Du lügst, Beckmann!

BECKMANN: Doch, Jasager, die Leute gehen an meiner Leiche vorbei. Leichen sind langweilig und unangenehm.

DER ANDERE: Die Menschen gehen nicht an deinem Tod vorbei, Beckmann. Die Menschen haben ein Herz. Die Menschen trauern um deinen Tod, Beckmann, und deine Leiche liegt ihnen nachts noch lange im Wege, wenn sie einschlafen wollen. Sie gehen nicht vorbei.

BECKMANN: Doch, Jasager, das tun sie. Leichen sind häßlich und unangenehm. Sie gehen einfach und schnell vorbei und halten die Nase und Augen zu.

DER ANDERE: Das tun sie nicht! Ihr Herz zieht sich zusammen bei jedem Toten!

BECKMANN: Paß auf, siehst du, da kommt schon einer. Kennst du ihn noch? Es ist der Oberst, der mich mit seinem alten Anzug zum neuen Menschen machen wollte.

Herr Oberst! Herr Oberst!

OBERST: Donnerwetter, gibt es denn schon wieder Bettler? Ist ja ganz wie früher.

BECKMANN: Eben, Herr Oberst, eben. Es ist alles ganz wie früher. Sogar die Bettler kommen aus denselben Kreisen. Aber ich bin gar kein
Bettler, Herr Oberst, nein. Ich bin eine Wasserleiche. Ich bin desertiert,
Herr Oberst. Ich war ein ganz müder Soldat, Herr Oberst. Ich hieß ge-
stern Unteroffizier Beckmann, Herr Oberst, erinnern Sie noch? Beck-
mann. Ich war'n bißchen weich, nicht wahr, Herr Oberst, Sie erinnern?
Ja, und morgen abend werde ich dumm und stumm und aufgedunsen
an den Strand von Blankenese treiben. Gräßlich, wie, Herr Oberst?
Und Sie haben mich auf Ihrem Konto, Herr Oberst. Gräßlich, wie?
Zweitausendundelf plus Beckmann, macht Zweitausendundzwölf.
Zweitausendundzwölf nächtliche Gespenster, uha!

OBERST: Ich kenne Sie doch gar nicht, Mann. Nie von einem Beckmann
gehört. Was hatten Sie denn für'n Dienstgrad?

BECKMANN: Aber Herr Oberst! Herr Oberst werden sich doch noch an
seinen letzten Mord erinnern! Der mit der Gasmaskenbrille und der
Sträflingsfrisur und dem steifen Bein! Unteroffizier Beckmann, Herr
Oberst.

OBERST: Richtig! Der! Sehen Sie, diese unteren Dienstgrade sind durch
die Bank doch alle verdächtig. Torfköppe, Räsoneure, Pazifisten,
Wasserleichenaspiranten. Sie haben sich ersoffen? Ja, war'n einer von
denen, die ein bißchen verwildert sind im Krieg, 'n bißchen entmensch-
licht, ohne jegliche soldatische Tugend. Unschöner Anblick, so was.

BECKMANN: Ja, nicht wahr, Herr Oberst, unschöner Anblick, diese vielen dicken weißen weichen Wasserleichen heutzutage. Und Sie sind
der Mörder, Herr Oberst, Sie! Halten Sie das eigentlich aus, Herr
Oberst, Mörder zu sein? Wie fühlen Sie sich so als Mörder, Herr Oberst?

OBERST: Wieso? Bitte? Ich?

BECKMANN: Doch, Herr Oberst, Sie haben mich in den Tod gelacht. Ihr
Lachen war grauenhafter als alle Tode der Welt, Herr Oberst. Sie haben mich totgelacht, Herr Oberst!

OBERST *(völlig verständnislos)*: So? Na ja. War'n einer von denen, die
sowieso vor die Hunde gegangen wären. Na, guten Abend!

BECKMANN: Angenehme Nachtruhe, Herr Oberst! Und vielen Dank für
den Nachruf! Hast du gehört, Jasager, Menschenfreund! Nachruf auf
einen ertrunkenen Soldaten. Epilog eines Menschen für einen Menschen.

DER ANDERE: Du träumst, Beckmann, du träumst. Die Menschen sind
gut!

BECKMANN: Du bist ja so heiser, du optimistischer Tenor! Hat es dir die
Stimme verschlagen? O ja, die Menschen sind gut. Aber manchmal
gibt es Tage, da trifft man andauernd die paar schlechten, die es gibt.
Aber so schlimm sind die Menschen nicht. Ich träume ja nur. Ich will
nicht ungerecht sein. Die Menschen sind gut. Nur sind sie so furchtbar verschieden, das ist es, so unbegreiflich verschieden. Der eine

Mensch ist ein Oberst, während der andere eben nur ein niederer Dienstgrad ist. Der Oberst ist satt, gesund und hat eine wollene Unterhose an. Abends hat er ein Bett und eine Frau.

DER ANDERE: Beckmann, träume nicht weiter! Steh auf! Lebe! Du träumst alles schief.

BECKMANN: Und der andere, der hungert, der humpelt und hat nicht mal ein Hemd. Abends hat er einen alten Liegestuhl als Bett und das Pfeifen der asthmatischen Ratten ersetzt ihm in seinem Keller das Geflüster seiner Frau. Nein, die Menschen sind gut. Nur verschieden sind sie, ganz außerordentlich voneinander verschieden.

DER ANDERE: Die Menschen sind gut. Sie sind nur so ahnungslos. Immer sind sie ahnungslos. Aber ihr Herz. Sieh in ihr Herz – ihr Herz ist gut. Nur das Leben läßt es nicht zu, daß sie ihr Herz zeigen. Glaube doch, im Grunde sind sie alle gut.

BECKMANN: Natürlich. Im Grunde. Aber der Grund ist meistens so tief, du. So unbegreiflich tief. Ja, im Grunde sind sie gut – nur verschieden eben. Einer ist weiß und der andere grau. Einer hat 'ne Unterhose, der andere nicht. Und der graue ohne Unterhose, das bin ich. Pech gehabt, Wasserleiche Beckmann, Unteroffizier a. D., Mitmensch a. D.

DER ANDERE: Du träumst, Beckmann, steh auf. Lebe! Komm, sieh, die Menschen sind gut.

BECKMANN: Und sie gehen an meiner Leiche vorbei und kauen und lachen und spucken und verdauen. So gehen sie an meinem Tod vorbei, die guten Guten.

DER ANDERE: Wach auf, Träumer! Du träumst einen schlechten Traum, Beckmann. Wach auf!

BECKMANN: O ja, ich träume einen schaurig schlechten Traum. Da, da kommt der Direktor von dem Kabarett. Soll ich mit ihm ein Interview machen, Antworter?

DER ANDERE: Komm, Beckmann! Lebe! Die Straße ist voller Laternen. Alles lebt! Lebe mit!

BECKMANN: Soll ich mitleben? Mit wem? Mit dem Obersten? Nein!

DER ANDERE: Mit den andern, Beckmann. Lebe mit den andern.

BECKMANN: Auch mit dem Direktor?

DER ANDERE: Auch mit ihm. Mit allen.

BECKMANN: Gut. Auch mit dem Direktor. Hallo, Herr Direktor!

DIREKTOR: Wie? Ja? Was ist?

BECKMANN: Kennen Sie mich?

DIREKTOR: Nein – doch, warten Sie mal. Gasmaskenbrille, Russenfrisur, Soldatenmantel. Ja, der Anfänger mit dem Ehebruchchanson! Wie hießen Sie denn gleich?

BECKMANN: Beckmann.

DIREKTOR: Richtig. Na, und?

BECKMANN: Sie haben mich ermordet, Herr Direktor.

DIREKTOR: Aber, mein Lieber –

BECKMANN: Doch. Weil Sie feige waren. Weil Sie die Wahrheit verraten haben. Sie haben mich in die nasse Elbe getrieben, weil Sie dem Anfänger keine Chance gaben, anzufangen. Ich wollte arbeiten. Ich hatte Hunger. Aber Ihre Tür ging hinter mir zu. Sie haben mich in die Elbe gejagt, Herr Direktor.

DIREKTOR: Müssen ja ein sensibler Knabe gewesen sein. Laufen in die Elbe, in die nasse . . .

BECKMANN: In die nasse Elbe, Herr Direktor. Und da habe ich mich mit Elbwasser vollaufen lassen, bis ich satt war. Einmal satt, Herr Direktor, und dafür tot. Tragisch, was? Wär das nicht ein Schlager für Ihre Revue? Chanson der Zeit: Einmal satt und dafür tot!

DIREKTOR *(sentimental, aber doch sehr oberflächlich)*: Das ist ja schaurig! Sie waren einer von denen, die ein bißchen sensibel sind. Unangebracht heute, durchaus fehl am Platz. Sie waren ganz wild auf die Wahrheit versessen, Sie kleiner Fanatiker!
Hätten mir das ganze Publikum kopfscheu gemacht mit Ihrem Gesang.

BECKMANN: Und da haben Sie mir die Tür zugeschlagen, Herr Direktor. Und da unten lag die Elbe.

DIREKTOR *(wie oben)*: Die Elbe, ja. Ersoffen. Aus. Arme Sau. Vom Leben überfahren. Erdrückt und breitgewalzt. Einmal satt und dafür tot. Ja, wenn wir alle so empfindlich sein wollten!

BECKMANN: Aber das sind wir ja nicht, Herr Direktor. So empfindlich sind wir ja nicht . . .

DIREKTOR *(wie oben)*: Weiß Gott nicht, nein. Sie waren eben einer von denen, von den Millionen, die nun mal humpelnd durchs Leben müssen und froh sind, wenn sie fallen. In die Elbe, in die Spree, in die Themse – wohin, ist egal. Eher haben sie doch keine Ruhe.

BECKMANN: Und Sie haben mir den Fußtritt gegeben, damit ich fallen konnte.

DIREKTOR: Unsinn! Wer sagt denn das? Sie waren prädestiniert für tragische Rollen. Aber der Stoff ist toll! Ballade eines Anfängers: Die Wasserleiche mit der Gasmaskenbrille! Schade, daß das Publikum so was nicht sehen will. Schade . . . *(ab).*

BECKMANN: Angenehme Nachtruhe, Herr Direktor!
Hast du das gehört? Soll ich weiterleben mit dem Herrn Oberst? Und weiterleben mit dem Herrn Direktor?

DER ANDERE: Du träumst, Beckmann, wach auf.

BECKMANN: Träum ich? Seh ich alles verzerrt durch diese elende Gasmaskenbrille? Sind alles Marionetten? Groteske, karikierte Menschenmarionetten? Hast du den Nachruf gehört, den mein Mörder mir gewidmet hat? Epilog auf einen Anfänger: Auch einer von denen – du, Anderer! Soll ich leben bleiben? Soll ich weiterhumpeln auf der Straße? Neben den anderen? Sie haben alle dieselben gleichen gleichgültigen entsetzlichen Visagen. Und sie reden alle so unendlich viel, und wenn man dann um ein einziges Ja bittet, sind sie stumm und dumm, wie – ja, eben wie die Menschen. Und feige sind sie. Sie haben uns verraten. So furchtbar verraten. Wie wir noch ganz klein waren, da haben sie Krieg gemacht. Und als wir größer waren, da haben sie vom Krieg erzählt. Begeistert. Immer waren sie begeistert. Und als wir dann noch größer waren, da haben sie sich auch für uns einen Krieg ausgedacht. Und da haben sie uns dann hingeschickt. Und sie waren begeistert. Immer waren sie begeistert. Und keiner hat uns gesagt, wo wir hingingen. Keiner hat uns gesagt, ihr geht in die Hölle. O nein, keiner. Sie haben Marschmusik gemacht und Langemarckfeiern. Und Kriegsberichte und Aufmarschpläne. Und Heldengesänge und Blutorden. So begeistert waren sie. Und dann war der Krieg endlich da. Und dann haben sie uns hingeschickt. Und sie haben uns nichts gesagt. Nur – Macht's gut, Jungens! haben sie gesagt. Macht's gut, Jungens! So haben sie uns verraten. <u>So furchtbar verraten. Und jetzt sitzen sie hinter ihren Türen. Herr Studienrat, Herr Direktor, Herr Gerichtsrat, Herr Oberarzt. Jetzt hat uns keiner hingeschickt. Nein, keiner. Alle sitzen sie jetzt hinter ihren Türen.</u> Und ihre Tür haben sie fest zu. Und wir stehen draußen. Und von ihren Kathedern und von ihren Sesseln zeigen sie mit dem Finger auf uns. So haben sie uns verraten. So furchtbar verraten. Und jetzt gehen sie an ihrem Mord vorbei, einfach vorbei. Sie gehn an ihrem Mord vorbei.

DER ANDERE: Sie gehn nicht vorbei, Beckmann. Du übertreibst. Du träumst. Sieh auf das Herz, Beckmann. Sie haben ein Herz! Sie sind gut!

BECKMANN: Aber Frau Kramer geht an meiner Leiche vorbei.

DER ANDERE: Nein! Auch sie hat ein Herz!

BECKMANN: Frau Kramer!

FRAU KRAMER: Ja?

BECKMANN: Haben Sie ein Herz, Frau Kramer? Wo hatten Sie Ihr Herz, Frau Kramer, als Sie mich ermordeten? Doch, Frau Kramer, Sie haben den Sohn von den alten Beckmanns ermordet. Haben Sie nicht auch seine Eltern mit erledigt, wie? Na, ehrlich, Frau Kramer, so ein bißchen nachgeholfen, ja? Ein wenig das Leben sauer gemacht, nicht wahr? Und dann den Sohn in die Elbe gejagt – aber Ihr Herz, Frau Kramer, was sagt Ihr Herz?

FRAU KRAMER: Sie mit der ulkigen Brille sind in die Elbe gemacht? Daß ich mir das nicht gedacht hab. Kamen mir gleich so melancholisch vor, Kleiner. Macht sich in die Elbe! Armer Bengel! Nein aber auch!

BECKMANN: Ja, weil Sie mir so herzlich und innig taktvoll das Ableben meiner Eltern vermittelten. Ihre Tür war die letzte. Und Sie ließen mich draußen stehn. Und ich hatte tausend Tage, tausend sibirische Nächte auf diese Tür gehofft. Sie haben einen kleinen Mord nebenbei begangen, nicht wahr?

Frau Kramer *(robust, um nicht zu heulen)*: Es gibt eben Figuren, die haben egal Pech. Sie waren einer von denen. Sibirien. Gashahn. Ohlsdorf. War wohl'n bißchen happig. Geht mir ans Herz, aber wo kommt man hin, wenn man alle Leute beweinen wollte! Sie sahen gleich so finster aus, Junge. So ein Bengel! Aber das darf uns nicht kratzen, sonst wird uns noch das bißchen Margarine schlecht, das man auf Brot hat. Macht einfach davon ins Gewässer. Ja, man erlebt was! Jeden Tag macht sich einer davon.

Beckmann: Ja, ja, leben Sie wohl, Frau Kramer!
Hast du gehört, Anderer? Nachruf einer alten Frau mit Herz auf einen jungen Mann. Hast du gehört, schweigsamer Antworter?

Der Andere: Wach – auf – Beckmann –

Beckmann: Du sprichst ja plötzlich so leise. Du stehst ja plötzlich so weit ab.

Der Andere: Du träumst einen tödlichen Traum, Beckmann. Wach auf! Lebe! Nimm dich nicht so wichtig. Jeden Tag wird gestorben. Soll die Ewigkeit voll Trauergeschrei sein? Lebe! Iß dein Margarinebrot, lebe! Das Leben hat tausend Zipfel. Greif zu! Steh auf!

Beckmann: Ja, ich stehe auf. Denn da kommt meine Frau. Meine Frau ist gut. Nein, sie bringt ihren Freund mit. Aber sie war früher doch gut. Warum bin ich auch drei Jahre in Sibirien geblieben? Sie hat drei Jahre gewartet, das weiß ich, denn sie war immer gut zu mir. Die Schuld habe ich. Aber sie war gut. Ob sie heute noch gut ist?

Der Andere: Versuch es! Lebe!

Beckmann: Du! Erschrick nicht, ich bin es. Sieh mich doch an! Dein Mann. Beckmann, ich. Du, ich hab mir das Leben genommen, Frau. Das hättest du nicht tun sollen, du, das mit dem andern. Ich hatte doch nur dich! Du hörst mich ja gar nicht! Du! Ich weiß, du hast zu lange warten müssen. Aber sei nicht traurig, mir geht es jetzt gut. Ich bin tot. Ohne dich wollte ich nicht mehr! Du! Sieh mich doch an! Du!
(Die Frau geht in enger Umarmung mit ihrem Freund langsam vorbei, ohne Beckmann zu hören)
Du! Du warst doch meine Frau! Sieh mich doch an, du hast mich doch umgebracht, dann kannst du mich doch noch mal ansehen! Du, du hörst mich ja gar nicht! Du hast mich doch ermordet, du – und jetzt gehst du einfach vorbei? Du, warum hörst du mich denn nicht? *(Die Frau ist mit dem Freund vorbeigegangen)* Sie hat mich nicht gehört. Sie kennt mich schon nicht mehr. Bin ich schon so lange tot? Sie hat mich vergessen und ich bin erst einen Tag tot. So gut, oh, so gut sind die Menschen! Und du? Jasager, Hurraschreier, Antworter?! Du sagst ja nichts! Du stehst ja so weit ab. Soll ich weiter leben? Deswegen bin

ich von Sibirien gekommen! Und du, du sagst, ich soll leben! Alle Türen links und rechts der Straße sind zu. Alle Laternen sind ausgegangen, alle. Und man kommt nur vorwärts, weil man fällt! Und du sagst, ich soll weiter fallen? Hast du nicht noch einen Fall für mich, den ich tun kann? Geh nicht so weit weg, Schweigsamer du, hast du noch eine Laterne für mich in der Finsternis? Rede, du weißt doch sonst immer so viel!!

DER ANDERE: Da kommt das Mädchen, das dich aus der Elbe gezogen hat, das dich gewärmt hat. Das Mädchen, Beckmann, das deinen dummen Kopf küssen wollte. Sie geht nicht an deinem Tod vorbei. Sie hat dich überall gesucht.

BECKMANN: Nein! Sie hat mich nicht gesucht! Kein Mensch hat mich gesucht! Ich will nicht immer wieder daran glauben. Ich kann nicht mehr fallen, hörst du! Mich sucht kein Mensch!

DER ANDERE: Das Mädchen hat dich überall gesucht!

BECKMANN: Jasager, du quälst mich! Geh weg!

MÄDCHEN (*ohne ihn zu sehen*): Fisch! Fisch! Wo bist du? Kleiner kalter Fisch!

BECKMANN: Ich? Ich bin tot.

MÄDCHEN: Oh, du bist tot? Und ich suche dich auf der ganzen Welt!

BECKMANN: Warum suchst du mich?

MÄDCHEN: Warum? Weil ich dich liebe, armes Gespenst! Und nun bist du tot? Ich hätte dich so gerne geküßt, kalter Fisch!

BECKMANN: Stehn wir nur auf und gehn weiter, weil die Mädchen nach uns rufen? Mädchen?

MÄDCHEN: Ja, Fisch?

BECKMANN: Wenn ich nun nicht tot wäre?

MÄDCHEN: Oh, dann würden wir zusammen nach Hause gehen, zu mir. Ja, sei wieder lebendig, kleiner kalter Fisch! Für mich. Mit mir. Komm, wir wollen zusammen lebendig sein.

BECKMANN: Soll ich leben? Hast du mich wirklich gesucht?

MÄDCHEN: Immerzu. Dich! Und nur dich. Die ganze Zeit über dich. Ach, warum bist du tot, armes graues Gespenst? Willst du nicht mit mir lebendig sein?

BECKMANN: Ja, ja, ja. Ich komme mit. Ich will mit dir lebendig sein!

MÄDCHEN: Oh, mein Fisch!

BECKMANN: Ich steh auf. Du bist die Lampe, die für mich brennt. Für mich ganz allein. Und wir wollen zusammen lebendig sein. Und wir wollen ganz dicht nebeneinander gehen auf der dunklen Straße. Komm, wir wollen miteinander lebendig sein und ganz dicht sein — —

MÄDCHEN: Ja, ich brenne für dich ganz allein auf der dunklen Straße.

BECKMANN: Du brennst, sagst du? Was ist denn das? Aber es wird ja alles ganz dunkel! Wo bist du denn?

(*Man hört ganz weit ab das Teck-Tock des Einbeinigen*)

MÄDCHEN: Hörst du? Der Totenwurm klopft – ich muß weg, Fisch, ich muß weg, armes kaltes Gespenst.

BECKMANN: Wo willst du denn hin? Bleib hier! Es ist ja auf einmal alles so dunkel! Lampe, kleine Lampe! Leuchte! Wer klopft da? Da klopft doch einer! Teck – tock – teck – tock! Wer hat denn noch so geklopft? Da – Teck – tock – teck – tock! Immer lauter! Immer näher! Teck – tock – teck – tock! *(schreit)* Da! *(flüstert)* Der Riese, der einbeinige Riese mit seinen beiden Krücken. Teck – tock – er kommt näher! Teck – tock – er kommt auf mich zu! Teck – tock – teck – tock!!! *(schreit)*

DER EINBEINIGE *(ganz sachlich und abgeklärt)*: Beckmann?

BECKMANN *(leise)*: Hier bin ich.

DER EINBEINIGE: Du lebst noch, Beckmann? Du hast doch einen Mord begangen, Beckmann. Und du lebst immer noch.

BECKMANN: Ich habe keinen Mord begangen!

DER EINBEINIGE: Doch, Beckmann. Wir werden jeden Tag ermordet und jeden Tag begehen wir einen Mord. Wir gehen jeden Tag an einem Mord vorbei. Und du hast mich ermordet, Beckmann. Hast du das schon vergessen? Ich war doch drei Jahre in Sibirien, Beckmann, und gestern abend wollte ich nach Hause. Aber mein Platz war besetzt – du warst da, Beckmann, auf meinem Platz. Da bin ich in die Elbe gegangen, Beckmann, gleich gestern abend. Wo sollte ich auch anders hin, nicht, Beckmann? Du, die Elbe war kalt und naß. Aber nun habe ich mich schon gewöhnt, nun bin ich ja tot. Daß du das so schnell vergessen konntest, Beckmann. Einen Mord vergißt man doch nicht so schnell. Der muß einem doch nachlaufen, Beckmann. Ja, ich habe einen Fehler gemacht, du. Ich hätte nicht nach Hause kommen dürfen. Zu Hause war kein Platz mehr für mich, Beckmann, denn da warst du. Ich klage dich nicht an, Beckmann, wir morden ja alle, jeden Tag, jede Nacht. Aber wir wollen doch unsere Opfer nicht so schnell vergessen. Wir wollen doch an unseren Morden nicht vorbeigehen. Ja, Beckmann, du hast mir meinen Platz weggenommen. Auf meinem Sofa, bei meiner Frau, bei meiner meiner Frau, von der ich drei Jahre lang geträumt hatte, tausend sibirische Nächte! Zu Hause war ein Mann, der hatte mein Zeug an, Beckmann, das war ihm viel zu groß, aber er hatte es an, und ihm war wohl und warm in dem Zeug und bei meiner Frau. Und du, du warst der Mann, Beckmann. Na, ich habe mich dann verzogen. In die Elbe. War ziemlich kalt, Beckmann, aber man gewöhnt sich bald. Jetzt bin ich erst einen ganzen Tag tot – und du hast mich ermordet und hast den Mord schon vergessen. Das mußt du nicht, Beckmann, Morde darf man nicht vergessen, das tun die Schlechten. Du vergißt mich doch nicht, Beckmann, nicht wahr? Das mußt du mir versprechen, daß du deinen Mord nicht vergißt!

BECKMANN: Ich vergesse dich nicht.

DER EINBEINIGE: Das ist schön von dir, Beckmann. Dann kann man doch in Ruhe tot sein, wenn wenigstens einer an mich denkt, wenigstens mein Mörder – hin und wieder nur – nachts manchmal, Beckmann, wenn du nicht schlafen kannst! Dann kann ich wenigstens in aller Ruhe tot sein ––– *(geht ab)*

BECKMANN *(wacht auf)*: Teck – tock – teck – tock!!! Wo bin ich? Hab ich geträumt? Bin ich denn nicht tot? Bin ich denn immer noch nicht tot? Teck – tock – teck – tock durch das ganze Leben! Teck – tock – durch den ganzen Tod hindurch! Teck – tock – teck – tock! Hörst du den Totenwurm? Und ich, ich soll leben! Und jede Nacht wird einer Wache stehen an meinem Bett, und ich werde seinen Schritt nicht los: Teck – tock – teck – tock! Nein!

Das ist das Leben! Ein Mensch ist da, und der Mensch kommt nach Deutschland, und der Mensch friert. Der hungert und der humpelt! Ein Mann kommt nach Deutschland! Er kommt nach Hause, und da ist sein Bett besetzt. Eine Tür schlägt zu, und er steht draußen.

Ein Mann kommt nach Deutschland! Er findet ein Mädchen, aber das Mädchen hat einen Mann, der hat nur ein Bein und der stöhnt andauernd einen Namen. Und der Name heißt Beckmann. Eine Tür schlägt zu, und er steht draußen.

Ein Mann kommt nach Deutschland! Er sucht Menschen, aber ein Oberst lacht sich halbtot. Eine Tür schlägt zu und er steht wieder draußen.

Ein Mann kommt nach Deutschland! Er sucht Arbeit, aber ein Direktor ist feige, und die Tür schlägt zu, und wieder steht er draußen.

Ein Mann kommt nach Deutschland! Er sucht seine Eltern, aber eine alte Frau trauert um das Gas, und die Tür schlägt zu, und er steht draußen.

Ein Mann kommt nach Deutschland! Und dann kommt der Einbeinige – teck – tock – teck – kommt er, teck – tock, und der Einbeinige sagt: Beckmann. Sagt immerzu: Beckmann. Er atmet Beckmann, er schnarcht Beckmann, er stöhnt Beckmann, er schreit, er flucht, er betet Beckmann. Und er geht durch das Leben seines Mörders teck – tock – teck – tock! Und der Mörder bin ich. Ich? der Gemordete, ich, den sie gemordet haben, ich bin der Mörder? Wer schützt uns davor, daß wir nicht Mörder werden? Wir werden jeden Tag ermordet, und jeden Tag begehn wir einen Mord! Wir gehen jeden Tag an einem Mord vorbei! Und der Mörder Beckmann hält das nicht mehr aus, gemordet zu werden und Mörder zu sein. Und er schreit der Welt ins Gesicht: Ich sterbe! Und dann liegt er irgendwo auf der Straße, der Mann, der nach Deutschland kam, und stirbt. Früher lagen Zigarettenstummel, Apfelsinenschalen und Papier auf der Straße, heute sind es Menschen, das sagt weiter nichts. Und dann kommt ein Straßenfeger, ein deut-

53

scher Straßenfeger, in Uniform und mit roten Streifen, von der Firma Abfall und Verwesung, und findet den gemordeten Mörder Beckmann. Verhungert, erfroren, liegengeblieben. Im zwanzigsten Jahrhundert. Im fünften Jahrzehnt. Auf der Straße. In Deutschland. Und die Menschen gehen an dem Tod vorbei, achtlos, resigniert, blasiert, angeekelt und gleichgültig, gleichgültig, so gleichgültig! Und der Tote fühlt tief in seinen Traum hinein, daß sein Tod gleich war wie sein Leben: sinnlos, unbedeutend, grau. Und du – du sagst, ich soll leben! Wozu? Für wen? Für was? Hab ich kein Recht auf meinen Tod? Hab ich kein Recht auf meinen Selbstmord? Soll ich mich weiter morden lassen und weiter morden? Wohin soll ich denn? Wovon soll ich leben? Mit wem? Für was? Wohin sollen wir denn auf dieser Welt! Verraten sind wir. Furchtbar verraten.

Wo bist du, Anderer? Du bist doch sonst immer da!

Wo bist du jetzt, Jasager? Jetzt antworte mir! Jetzt brauche ich dich, Antworter! Wo bist du denn? Du bist ja plötzlich nicht mehr da! Wo bist du, Antworter, wo bist du, der mir den Tod nicht gönnte! Wo ist denn der alte Mann, der sich Gott nennt?

Warum redet er denn nicht!!

Gebt doch Antwort!

Warum schweigt ihr denn? Warum?

Gibt denn keiner eine Antwort?

Gibt keiner Antwort???

Gibt denn keiner, keiner Antwort???

STIMMEN SIND DA
IN DER LUFT – IN DER NACHT

Die Straßenbahn fuhr durch den nebelnassen Nachmittag. Der war grau und die Bahn war gelb und verloren darin. Denn es war November, und die Straßen waren leer und lärmlos und ohne Lust. Nur das Gelb der Straßenbahn schwamm einsam im nebligen Nachmittag.

In der Bahn aber saßen sie, warm, atmend, erregt. Fünf oder sechs saßen da, Menschen, verloren, einsam im Novembernachmittag. Aber dem Nebel entronnen. Saßen unter tröstlichen trüben Lämpchen, ganz vereinzelt saßen sie, dem nassen Nebel entronnen. Leer war es in der Bahn. Nur die fünf waren da, ganz vereinzelt, und atmeten. Und der Schaffner war der sechste an diesem späten einsamen Nebelnachmittag, war da mit seinen milden Messingknöpfen und malte große schiefe Gesichter an die feuchten behauchten Scheiben. Die Straßenbahn stieß und stolperte gelb durch den November.

Drinnen saßen die fünf Entronnenen und der Schaffner stand da und der ältere Herr mit den vielfältigen Tränensäcken unter den Augen fing wieder an – halblaut fing er wieder davon an: «In der Luft sind sie. In der Nacht. Oh, sie sind in der Nacht. Darum schläft man nicht. Nur darum. Das sind einzig und allein die Stimmen, glauben Sie mir, das sind nur die Stimmen.»

Der ältere Herr beugte sich weit vor. Seine Tränensäcke schlotterten leise und sein seltsam heller Zeigefinger piekste der alten Frau, die ihm gegenübersaß, auf die flache Brust. Sie zog geräuschvoll die Luft durch die Nase und starrte erregt auf den hellen Zeigefinger. Immer wieder zog sie laut die Luft hoch. Sie mußte das, denn sie hatte einen schönen abgrundtiefen Novemberschnupfen, der ihr tief bis in die Lunge zu reichen schien. Aber trotzdem machte sie der Finger erregt. Die beiden Mädchen in der anderen Ecke kicherten. Aber sie sahen sich nicht an, als von den nächtlichen Stimmen die Rede war. Sie wußten es längst, daß es nachts Stimmen gab. Gerade sie wußten es vor allen. Aber sie kicherten, weil sie sich voreinander schämten. Und der Schaffner malte große schiefe Gesichter auf das nebelbeschlagene Fensterglas. Und dann saß da ein junger Mann, der hatte die Augen zu und war blaß. Sehr blaß saß er da unter dem trüben Lämpchen. Er hatte die Augen zu, als ob er schliefe. Und die Straßenbahn stieß schwimmend gelb durch den einsamen Nebelnachmittag. Der Schaffner malte ein schiefes Gesicht an die Scheibe und sagte zu dem älteren Herrn mit den leise schlotternden Tränensäcken:

«Ja, das ist klar: Stimmen sind da. Allerhand Stimmen gibt es. Und nachts natürlich besonders.»

Die beiden Mädchen schämten sich heimlich und machten ein kribbeliges Gekicher, und die eine dachte: Nachts, nachts besonders.

Der mit den schlotternden Tränensäcken nahm seinen hellen Finger von der Brust der verschnupften alten Frau und piekste nun damit auf den Schaffner los:

«Hören Sie», flüsterte er, «was ich sage, was ich sage! Stimmen sind da. In der Luft. In der Nacht. Und, meine Herrschaften, – –» er nahm den Zeigefinger vom Schaffner weg und stach damit steil nach oben, «wissen Sie auch, wer das ist? In der Luft? Die Stimmen? Nachts die Stimmen? Wissen Sie das denn auch, wie?»

Leise schlotterten die Tränensäcke unter seinen Augen. Der junge Mann am anderen Ende des Wagens war sehr blaß und hatte die Augen zu, als ob er schliefe.

«Die Toten sind es, die vielen vielen Toten.» Der mit den Tränensäcken flüsterte: «Die Toten, meine Herrschaften. Es sind zu viele. Sie drängeln sich nachts in der Luft. Die vielzuvielen Toten sind das. Sie haben keinen Platz. Denn alle Herzen sind voll. Überfüllt bis an den Rand. Und nur in den Herzen können sie bleiben, das ist sicher. Aber es sind zuviel Tote, die nicht wissen: Wohin!?»

Die anderen in der Bahn an diesem Nachmittag hielten den Atem an. Nur der blasse junge Mann holte mit geschlossenen Augen tief und schwer Luft, als ob er schliefe.

Der ältere Herr piekste mit seinem hellen Zeigefinger nacheinander auf seine Zuhörer los. Auf die Mädchen, auf den Schaffner und auf die alte Frau. Und dann flüsterte er wieder: «Und darum schläft man nicht. Nur darum. Es sind zuviel Tote in der Luft. Die haben keinen Platz. Die reden dann nachts und suchen ein Herz. Darum schläft man nicht, weil die Toten nachts nicht schlafen. Es sind zu viele. Besonders nachts. Nachts reden sie, wenn es ganz still ist. Nachts sind sie da, wenn das andere alles weg ist. Nachts haben sie dann Stimmen. Darum schläft man so schlecht.»

Die alte Frau mit dem Schnupfen zog piepend die Luft hoch und starrte erregt auf die faltigen, schlotternden Tränensäcke des flüsternden älteren Herrn. Aber die Mädchen kicherten. Sie kannten andere Stimmen in der Nacht, lebendige, die wie warme männliche Hände auf der nackten Haut lagen, die sich unter das Bett schoben, leise, gewalttätig, besonders nachts. Sie kicherten und schämten sich voreinander. Und keine wußte, daß die andere auch die Stimmen hörte, nachts, in den Träumen.

Der Schaffner malte große schiefe Gesichter an die nebelnassen Scheiben und sagte:

«Ja, die Toten sind da. Die reden in der Luft. In der Nacht, ja. Das ist klar. Das sind die Stimmen. Die hängen nachts in der Luft, überm Bett. Dann schläft man davon nicht. Das ist klar.»

Die alte Frau zog ihren Schnupfen durch die Nase und nickte: «Die Toten, ja, die Toten: Das sind die Stimmen. Überm Bett. O ja, immer überm Bett.»

Und die Mädchen fühlten fremde männliche Hände heimlich auf der Haut und sie hatten rote Gesichter an diesem grauen Nachmittag in der Straßenbahn. Aber der junge Mann, der war blaß und sehr einsam in seiner Ecke und hatte die Augen zu, als ob er schliefe. Da stach der mit den Tränensäcken mit seinem hellen Finger in die dunkle Ecke hinein, in der der Blasse saß, und flüsterte:

«Ja, die Jungen! Die können schlafen. Nachmittags. Nachts. Im November. Immer. Die hören die Toten nicht. Die Jungen, die verschlafen die heimlichen Stimmen. Nur wir Alten haben inwendig Ohren. Die Jungen haben keine Ohren für die Stimmen nachts. Die können schlafen.»

Sein Zeigefinger piekste von ferne verächtlich auf den blassen jungen Mann los und die anderen atmeten erregt. Da machte er die Augen auf, der Blasse, und stand plötzlich und schwankte auf den älteren Herrn zu. Erschrocken verkroch sich der Zeigefinger in der Handfläche und die Tränensäcke standen einen Augenblick lang still. Der Blasse, der Junge, griff nach dem Gesicht des älteren Herrn und sagte:

«Oh, bitte. Werfen Sie nicht die Zigarette weg. Geben Sie sie bitte mir. Mir ist schlecht. Ich habe nämlich etwas Hunger. Geben Sie sie mir. Das tut gut. Mir ist nämlich schlecht.»

Da feuchteten sich die Tränensäcke an und fingen faltig an zu schlottern, traurig, leise, erschrocken. Und der ältere Herr sagte:

«Ja, Sie sind sehr blaß. Sie sehen sehr schlecht aus. Haben Sie keinen Mantel? Wir haben November.»

«Ich weiß doch, ich weiß doch», sagte der Blasse, «meine Mutter sagt jeden Morgen zu mir, ich soll den Mantel anziehen, es wäre November. Ja, ich weiß. Aber sie ist schon drei Jahre tot. Sie weiß ja nicht, daß ich keinen Mantel mehr habe. Jeden Morgen sagt meine Mutter: Es ist doch November, sagt sie. Aber sie kann das ja nicht wissen mit dem Mantel, sie ist ja tot.»

Der junge Mann nahm die glimmende Zigarette und schwankte aus dem Wagen. Draußen war Nebel, war Nachmittag und November. Und in den einsamen späten Nachmittag hinein ging ein junger, sehr blasser Mann mit einer Zigarette. Er hatte Hunger. Er hatte keinen Mantel. Seine Mutter war tot, und es war November. Und drinnen saßen die anderen, und sie atmeten nicht. Leise, traurig schlotterten die Tränensäcke. Und der Schaffner malte große schiefe Gesichter an die Scheibe. Große schiefe Gesichter.

AN DIESEM DIENSTAG

Die Woche hat einen Dienstag.

Das Jahr ein halbes Hundert.

Der Krieg hat viele Dienstage.

An diesem Dienstag
übten sie in der Schule die großen Buchstaben. Die Lehrerin hatte eine Brille mit dicken Gläsern. Die hatten keinen Rand.

Sie waren so dick, daß die Augen ganz leise aussahen.

Zweiundvierzig Mädchen saßen vor der schwarzen Tafel und schrieben mit großen Buchstaben:

Der Alte Fritz hatte einen Trinkbecher aus Blech. Die Dicke Berta schoss bis Paris. Im Kriege sind alle Väter Soldat.

Ulla kam mit der Zungenspitze bis an die Nase. Da stieß die Lehrerin sie an. Du hast Krieg mit ch geschrieben, Ulla. Krieg wird mit g geschrieben. G wie Grube. Wie oft habe ich das schon gesagt. Die Lehrerin nahm ein Buch und machte einen Haken hinter Ullas Namen. Zu morgen schreibst du den Satz zehnmal ab, schön sauber, verstehst du? Ja, sagte Ulla und dachte: Die mit ihrer Brille.

Auf dem Schulhof fraßen die Nebelkrähen das weggeworfene Brot.

An diesem Dienstag
wurde Leutnant Ehlers zum Bataillonskommandeur befohlen.

Sie müssen den roten Schal abnehmen, Herr Ehlers.

Herr Major?

Doch, Ehlers. In der Zweiten ist sowas nicht beliebt.

Ich komme in die zweite Kompanie?

Ja, und die lieben sowas nicht. Da kommen Sie nicht mit durch. Die Zweite ist an das Korrekte gewöhnt. Mit dem roten Schal läßt die Kompanie Sie glatt stehen. Hauptmann Hesse trug sowas nicht.

Ist Hesse verwundet?

Nee, er hat sich krank gemeldet. Fühlte sich nicht gut, sagte er. Seit er Hauptmann ist, ist er ein bißchen flau geworden, der Hesse. Versteh ich nicht. War sonst immer so korrekt. Na ja, Ehlers, sehen Sie zu, daß Sie mit der Kompanie fertig werden. Hesse hat die Leute gut erzogen. Und den Schal nehmen Sie ab, klar?

Türlich, Herr Major.

Und passen Sie auf, daß die Leute mit den Zigaretten vorsichtig sind. Da muß ja jedem anständigen Scharfschützen der Zeigefinger jucken, wenn er diese Glühwürmchen herumschwirren sieht. Vorige Woche hatten wir fünf Kopfschüsse. Also passen Sie ein bißchen auf, ja?

Jawohl, Herr Major.

Auf dem Wege zur zweiten Kompanie nahm Leutnant Ehlers den roten Schal ab. Er steckte eine Zigarette an. Kompanieführer Ehlers, sagte er laut.

Da schoß es.

An diesem Dienstag
sagte Herr Hansen zu Fräulein Severin:

Wir müssen dem Hesse auch mal wieder was schicken, Severinchen. Was zu rauchen, was zu knabbern. Ein bißchen Literatur. Ein paar Handschuhe oder sowas. Die Jungens haben einen verdammt schlechten Winter draußen. Ich kenne das. Vielen Dank.

Hölderlin vielleicht, Herr Hansen?

Unsinn, Severinchen, Unsinn. Nein, ruhig ein bißchen freundlicher. Wilhelm Busch oder so. Hesse war doch mehr für das Leichte. Lacht doch gern, das wissen Sie doch. Mein Gott, Severinchen, was kann dieser Hesse lachen!

Ja, das kann er, sagte Fräulein Severin.

An diesem Dienstag
trugen sie Hauptmann Hesse auf einer Bahre in die Entlausungsanstalt. An der Tür war ein Schild:

OB GENERAL, OB GRENADIER:
DIE HAARE BLEIBEN HIER.

Er wurde geschoren. Der Sanitäter hatte lange dünne Finger. Wie Spinnenbeine. An den Knöcheln waren sie etwas gerötet. Sie rieben ihn mit etwas ab, das roch nach Apotheke. Dann fühlten die Spinnenbeine nach seinem Puls und schrieben in ein dicken Buch: Temperatur 41,6. Puls 116. Ohne Besinnung. Fleckfieberverdacht. Der Sanitäter machte das dicke Buch zu. Seuchenlazarett Smolensk stand da drauf. Und darunter: Vierzehnhundert Betten.

Die Träger nahmen die Bahre hoch. Auf der Treppe pendelte sein Kopf aus den Decken heraus und immer hin und her bei jeder Stufe. Und kurzgeschoren. Und dabei hatte er immer über die Russen gelacht. Der eine Träger hatte Schnupfen.

An diesem Dienstag
klingelte Frau Hesse bei ihrer Nachbarin. Als die Tür aufging, wedelte sie mit dem Brief. Er ist Hauptmann geworden. Hauptmann und Kompaniechef, schreibt er. Und sie haben über 40 Grad Kälte. Neun Tage hat der Brief gedauert. An Frau Hauptmann Hesse hat er oben drauf geschrieben.

Sie hielt den Brief hoch. Aber die Nachbarin sah nicht hin. 40 Grad Kälte, sagte sie, die armen Jungs. 40 Grad Kälte.

An diesem Dienstag
fragte der Oberfeldarzt den Chefarzt des Seuchenlazarettes Smolensk:
Wieviel sind es jeden Tag?

Ein halbes Dutzend.

Scheußlich, sagte der Oberfeldarzt.

Ja, scheußlich, sagte der Chefarzt.

Dabei sahen sie sich nicht an.

An diesem Dienstag
spielten sie die Zauberflöte. Frau Hesse hatte sich die Lippen rot gemacht.

An diesem Dienstag
schrieb Schwester Elisabeth an ihre Eltern: Ohne Gott hält man das gar
nicht durch. Aber als der Unterarzt kam, stand sie auf. Er ging so krumm,
als trüge er ganz Rußland durch den Saal.

Soll ich ihm noch was geben? fragte die Schwester.

Nein, sagte der Unterarzt. Er sagte das so leise, als ob er sich schämte.

Dann trugen sie Hauptmann Hesse hinaus. Draußen polterte es. Die
bumsen immer so. Warum können sie die Toten nicht langsam hinlegen.
Jedesmal lassen sie sie so auf die Erde bumsen. Das sagte einer. Und
sein Nachbar sang leise:

> Zicke zacke juppheidi
> Schneidig ist die Infanterie.

Der Unterarzt ging von Bett zu Bett. Jeden Tag. Tag und Nacht. Tagelang. Nächte durch. Krumm ging er. Er trug ganz Rußland durch den
Saal. Draußen stolperten zwei Krankenträger mit einer leeren Bahre davon. Nummer 4, sagte der eine. Er hatte Schnupfen.

An diesem Dienstag
saß Ulla abends und malte in ihr Schreibheft mit großen Buchstaben:

> IM KRIEG SIND ALLE VÄTER SOLDAT.
> IM KRIEG SIND ALLE VÄTER SOLDAT.

Zehnmal schrieb sie das. Mit großen Buchstaben. Und Krieg mit G.
Wie Grube.

Noch nie war etwas so weiß wie dieser Schnee. Er war beinah blau davon. Blaugrün. So fürchterlich weiß. Die Sonne wagte kaum gelb zu sein vor diesem Schnee. Kein Sonntagmorgen war jemals so sauber gewesen wie dieser. Nur hinten stand ein dunkelblauer Wald. Aber der Schnee war neu und sauber wie ein Tierauge. Kein Schnee war jemals so weiß wie dieser an diesem Sonntagmorgen. Kein Sonntagmorgen war jemals so sauber. Die Welt, diese schneeige Sonntagswelt, lachte.

Aber irgendwo gab es dann doch einen Fleck. Das war ein Mensch, der im Schnee lag, verkrümmt, bäuchlings, uniformiert. Ein Bündel Lumpen. Ein lumpiges Bündel von Häutchen und Knöchelchen und Leder und Stoff. Schwarzrot überrieselt von angetrocknetem Blut. Sehr tote Haare, perückenartig tot. Verkrümmt, den letzten Schrei in den Schnee geschrien, gebellt oder gebetet vielleicht: Ein Soldat. Fleck in dem niegesehenen Schneeweiß der saubersten aller Sonntagmorgende. Stimmungsvolles Kriegsgemälde, nuancenreich, verlockender Vorwurf für Aquarellfarben: Blut und Schnee und Sonne. Kalter kalter Schnee mit warmem dampfendem Blut drin. Und über allem die liebe Sonne. Unsere liebe Sonne. Alle Kinder auf der Welt sagen: die liebe, liebe Sonne. Und die bescheint einen Toten, der den unerhörten Schrei aller toten Marionetten schreit: Den stummen fürchterlichen stummen Schrei! Wer unter uns, steh auf, bleicher Bruder, oh, wer unter uns hält die stummen Schreie der Marionetten aus, wenn sie von den Drähten abgerissen so blöde verrenkt auf der Bühne rumliegen? Wer, oh, wer unter uns erträgt die stummen Schreie der Toten? Nur der Schnee hält das aus, der eisige. Und die Sonne. Unsere liebe Sonne.

Vor der abgerissenen Marionette stand eine, die noch intakt war. Noch funktionierte. Vor dem toten Soldaten stand ein lebendiger. An diesem sauberen Sonntagmorgen im niegesehenen weißen Schnee hielt der Stehende an den Liegenden folgende fürchterlich stumme Rede:

Ja. Ja ja. Ja ja ja. Jetzt ist es aus mit deiner guten Laune, mein Lieber. Mit deiner ewigen guten Laune. Jetzt sagst du gar nichts mehr, wie? Jetzt lachst du wohl nicht mehr, wie? Wenn deine Weiber das wüßten, wie erbärmlich du jetzt aussiehst, mein Lieber. Ganz erbärmlich siehst du ohne deine gute Laune aus. Und in dieser blöden Stellung. Warum hast du denn die Beine so ängstlich an den Bauch rangezogen? Ach so, hast einen in die·Eingeweide gekriegt. Hast dich mit Blut besudelt. Sieht unappetitlich aus, mein Lieber. Hast dir die ganze Uniform damit bekleckert. Sieht aus wie schwarze Tintenflecke. Man gut, daß deine Weiber das nicht sehn. Du hattest dich doch immer so mit deiner Uniform. Saß alles auf Taille. Als du Korporal wurdest, gingst du nur noch mit Lackstiefeletten. Und die wurden stundenlang gebohnert, wenn es abends in die Stadt ging. Aber jetzt gehst du nicht mehr in die Stadt. Deine Weiber lassen sich jetzt von den andern. Denn du gehst jetzt überhaupt nicht mehr, verstehst du? Nie mehr, mein Lieber. Nie nie mehr. Jetzt lachst du auch nicht mehr mit deiner ewig guten Laune. Jetzt liegst du da, als ob du nicht bis drei zählen kannst. Kannst du auch nicht. Kannst nicht mal mehr bis drei zählen. Das ist dünn, mein Lieber, äußerst dünn. Aber das ist gut so, sehr gut so. Denn du wirst nie mehr «Mein bleicher Bruder Hängendes Lid» zu mir sagen. Jetzt nicht mehr, mein Lieber. Von jetzt ab nicht mehr. Nie mehr, du. Und die andern werden dich nie mehr dafür feiern. Die andern werden nie mehr über mich lachen, wenn du «Mein bleicher Bruder Hängendes Lid» zu mir sagst. Das ist viel wert, weißt du? Das ist eine ganze Masse wert für mich, das kann ich dir sagen. Sie haben mich nämlich schon in der Schule gequält. Wie die Läuse haben sie auf mir herumgesessen. Weil mein Auge den kleinen Defekt hat und weil das Lid runterhängt. Und weil meine Haut so weiß ist. So käsig. Unser Bläßling sieht schon wieder so müde aus, haben sie immer gesagt. Und die Mädchen haben immer gefragt, ob ich schon schliefe. Mein eines Auge wäre ja schon halb zu. Schläfrig, haben sie gesagt, du, ich wär schläfrig. Ich möchte mal wissen, wer von uns beiden jetzt schläfrig ist. Du oder ich, wie? Du oder ich? Wer ist jetzt «Mein bleicher Bruder Hängendes Lid»? Wie? Wer denn, mein Lieber, du oder ich? Ich etwa?

Als er die Bunkertür hinter sich zumachte, kamen ein Dutzend graue Gesichter aus den Ecken auf ihn zu. Eins davon gehörte dem Feldwebel. Haben Sie ihn gefunden, Herr Leutnant? fragte das graue Gesicht und war fürchterlich grau dabei.

Ja. Bei den Tannen. Bauchschuß.

Sollen wir ihn holen?

Ja. Bei den Tannen. Ja, natürlich. Er muß geholt werden. Bei den Tannen.

Das Dutzend grauer Gesichter verschwand. Der Leutnant saß am Blechofen und lauste sich. Genau wie gestern. Gestern hatte er sich auch gelaust. Da sollte einer zum Bataillon kommen. Am besten der Leutnant, er selbst. Während er dann das Hemd anzog, horchte er. Es schoß. Es hatte noch nie so geschossen. Und als der Melder die Tür wieder aufriß, sah er die Nacht. Noch nie war eine Nacht so schwarz, fand er. Unteroffizier Heller, der sang. Der erzählte in einer Tour von seinen Weibern. Und dann hatte dieser Heller mit seiner ewig guten Laune gesagt: Herr Leutnant, ich würde nicht zum Bataillon gehn. Ich würde erst mal doppelte Ration beantragen. Auf Ihren Rippen kann man ja Xylophon spielen. Das ist ja ein Jammer, wie Sie aussehn. Das hatte Heller gesagt. Und im Dunkeln hatten sie wohl alle gegrinst. Und einer mußte zum Bataillon. Da hatte er gesagt: Na, Heller, dann kühlen Sie Ihre gute Laune mal ein bißchen ab. Und Heller sagte: Jawohl. Das war alles. Mehr sagte man nie. Einfach: Jawohl. Und dann war Heller gegangen. Und dann kam Heller nicht wieder.

Der Leutnant zog sein Hemd über den Kopf. Er hörte, wie sie drau-

ßen zurückkamen. Die andern. Mit Heller. Er wird nie mehr «Mein bleicher Bruder Hängendes Lid» zu mir sagen, flüsterte der Leutnant. Das
wird er von nun an nie mehr zu mir sagen.

Eine Laus geriet zwischen seine Daumennägel. Es knackte. Die Laus
war tot. Auf der Stirn – hatte er einen kleinen Blutspritzer.

NACHTS SCHLAFEN DIE RATTEN DOCH

Das hohle Fenster in der vereinsamten Mauer gähnte blaurot voll früher Abendsonne. Staubgewölke flimmerte zwischen den steilgereckten
Schornsteinresten. Die Schuttwüste döste. Er hatte die Augen zu. Mit
einmal wurde es noch dunkler. Er merkte, daß jemand gekommen war
und nun vor ihm stand, dunkel, leise. Jetzt haben sie mich! dachte er.
Aber als er ein bißchen blinzelte, sah er nur zwei etwas ärmlich behoste
Beine. Die standen ziemlich krumm vor ihm, daß er zwischen ihnen hin-
durchsehen konnte. Er riskierte ein kleines Geblinzel an den Hosenbei-
nen hoch und erkannte einen älteren Mann. Der hatte ein Messer und
einen Korb in der Hand. Und etwas Erde an den Fingerspitzen.

Du schläfst hier wohl, was? fragte der Mann und sah von oben auf
das Haargestrüpp herunter. Jürgen blinzelte zwischen den Beinen des
Mannes hindurch in die Sonne und sagte: Nein, ich schlafe nicht. Ich
muß hier aufpassen. Der Mann nickte: So, dafür hast du wohl den großen Stock da?

Ja, antwortete Jürgen mutig und hielt den Stock fest.

Worauf paßt du denn auf?

Das kann ich nicht sagen. Er hielt die Hände fest um den Stock.

Wohl auf Geld, was? Der Mann setzte den Korb ab und wischte das
Messer an seinem Hosenboden hin und her.

Nein, auf Geld überhaupt nicht, sagte Jürgen verächtlich. Auf ganz
etwas anderes.

Na, was denn?

Ich kann es nicht sagen. Was anderes eben.

Na, denn nicht. Dann sage ich dir natürlich auch nicht, was ich hier
im Korb habe. Der Mann stieß mit dem Fuß an den Korb und klappte
das Messer zu.

Pah, kann mir denken, was in dem Korb ist, meinte Jürgen gering-
schätzig, Kaninchenfutter.

Donnerwetter, ja! sagte der Mann verwundert, bist ja ein fixer Kerl.
Wie alt bist du denn?

Neun.

Oha, denk mal an, neun also. Dann weißt du ja auch, wieviel drei
mal neun sind, wie?

Klar, sagte Jürgen, und um Zeit zu gewinnen, sagte er noch: Das ist ja ganz leicht. Und er sah durch die Beine des Mannes hindurch. Dreimal neun, nicht? fragte er noch einmal, siebenundzwanzig. Das wußte ich gleich.

Stimmt, sagte der Mann, und genau soviel Kaninchen habe ich.

Jürgen machte einen runden Mund: Siebenundzwanzig?

Du kannst sie sehen. Viele sind noch ganz jung. Willst du?

Ich kann doch nicht. Ich muß aufpassen, sagte Jürgen unsicher.

Immerzu? fragte der Mann, nachts auch?

Nachts auch. Immerzu. Immer. Jürgen sah an den krummen Beinen hoch. Seit Sonnabend schon, flüsterte er.

Aber gehst du denn gar nicht nach Hause? Du mußt doch essen.

Jürgen hob einen Stein hoch. Da lag ein halbes Brot. Und eine Blechschachtel.

Du rauchst? fragte der Mann, hast du denn eine Pfeife?

Jürgen faßte seinen Stock fest an und sagte zaghaft: Ich drehe. Pfeife mag ich nicht.

Schade, der Mann bückte sich zu seinem Korb, die Kaninchen hättest du ruhig mal ansehen können. Vor allem die Jungen. Vielleicht hättest du dir eines ausgesucht. Aber du kannst hier ja nicht weg.

Nein, sagte Jürgen traurig, nein nein.

Der Mann nahm den Korb hoch und richtete sich auf. Na ja, wenn du hierbleiben mußt – schade. Und er drehte sich um.

Wenn du mich nicht verrätst, sagte Jürgen da schnell, es ist wegen den Ratten.

Die krummen Beine kamen einen Schritt zurück: Wegen den Ratten?

Ja, die essen doch von Toten. Von Menschen. Da leben sie doch von.

Wer sagt das?

Unser Lehrer.

Und du paßt nun auf die Ratten auf? fragte der Mann.

Auf die doch nicht! Und dann sagte er ganz leise: Mein Bruder, der liegt nämlich da unten. Da. Jürgen zeigte mit dem Stock auf die zusammengesackten Mauern. Unser Haus kriegte eine Bombe. Mit einmal war das Licht weg im Keller. Und er auch. Wir haben noch gerufen. Er war viel kleiner als ich. Erst vier. Er muß hier ja noch sein. Er ist doch viel kleiner als ich.

Der Mann sah von oben auf das Haargestrüpp. Aber dann sagte er plötzlich: Ja, hat euer Lehrer euch denn nicht gesagt, daß die Ratten nachts schlafen?

Nein, flüsterte Jürgen und sah mit einmal ganz müde aus, das hat er nicht gesagt.

Na, sagte der Mann, das ist aber ein Lehrer, wenn er das nicht mal weiß. Nachts schlafen die Ratten doch. Nachts kannst du ruhig nach Hause gehen. Nachts schlafen sie immer. Wenn es dunkel wird, schon.

Jürgen machte mit seinem Stock kleine Kuhlen in den Schutt. Lauter kleine Betten sind das, dachte er, alles kleine Betten.

Da sagte der Mann (und seine krummen Beine waren ganz unruhig dabei): Weißt du was? Jetzt füttere ich schnell meine Kaninchen, und wenn es dunkel wird, hole ich dich ab. Vielleicht kann ich eins mitbringen. Ein kleines oder, was meinst du?

Jürgen machte kleine Kuhlen in den Schutt. Lauter kleine Kaninchen. Weiße, graue, weißgraue. Ich weiß nicht, sagte er leise und sah auf die krummen Beine, wenn sie wirklich nachts schlafen.

Der Mann stieg über die Mauerreste weg auf die Straße. Natürlich, sagte er von da, euer Lehrer soll einpacken, wenn er das nicht mal weiß.

Da stand Jürgen auf und fragte: Wenn ich eins kriegen kann? Ein weißes vielleicht?

Ich will mal versuchen, rief der Mann schon im Weggehen, aber du mußt hier solange warten. Ich gehe dann mit dir nach Hause, weißt du? Ich muß deinem Vater doch sagen, wie so ein Kaninchenstall gebaut wird. Denn das müßt ihr ja wissen.

Ja, rief Jürgen, ich warte. Ich muß ja noch aufpassen, bis es dunkel wird. Ich warte bestimmt. Und er rief: Wir haben auch noch Bretter zu Hause. Kistenbretter, rief er.

Aber das hörte der Mann schon nicht mehr. Er lief mit seinen krummen Beinen auf die Sonne zu. Die war schon rot vom Abend und Jürgen konnte sehen, wie sie durch die Beine hindurchschien, so krumm waren sie. Und der Korb schwenkte aufgeregt hin und her. Kaninchenfutter war da drin. Grünes Kaninchenfutter, das war etwas grau vom Schutt.

DIE LANGE LANGE STRASSE LANG

Links zwei drei vier links zwei drei vier links zwei weiter, Fischer! drei vier links zwei vorwärts, Fischer! schneidig, Fischer! drei vier atme, Fischer! weiter, Fischer, immer weiter zickezacke zwei drei vier schneidig ist die Infantrie zickezackejuppheidi schneidig ist die Infantrie die Infantrie die Infantrie – – –

Ich bin unterwegs. Zweimal hab ich schon gelegen. Ich will zur Straßenbahn. Ich muß mit. Zweimal hab ich schon gelegen. Ich hab Hunger. Aber mit muß ich. Muß. Ich muß zur Straßenbahn. Zweimal hab ich schon drei vier links zwei drei vier aber mit muß ich drei vier zickezacke zacke drei vier juppheidi ist die Infantrie die Infantrie fantrie fantrie – – –

57 haben se bei Woronesch begraben. 57, die hatten keine Ahnung, vorher nicht und nachher nicht. Vorher haben sie noch gesungen. Zicke- zackejuppheidi. Und einer hat nach Haus geschrieben: – – – dann kau-

fen wir uns ein Grammophon. Aber dann haben viertausend Meter weiter ab die Andern auf Befehl auf einen Knopf gedrückt. Da hat es gerumpelt wie ein alter Lastwagen mit leeren Tonnen über Kopfsteinpflaster: Kanonenorgel. Dann haben sie 57 bei Woronesch begraben. Vorher haben sie noch gesungen. Hinterher haben sie nichts mehr gesagt. 9 Autoschlosser, 2 Gärtner, 5 Beamte, 6 Verkäufer, 1 Friseur, 17 Bauern, 2 Lehrer, 1 Pastor, 6 Arbeiter, 1 Musiker, 7 Schuljungen. 7 Schuljungen. Die haben sie bei Woronesch begraben. Sie hatten keine Ahnung. 57.

Und mich haben sie vergessen. Ich war noch nicht ganz tot. Juppheidi. Ich war noch ein bißchen lebendig. Aber die andern, die haben sie bei Woronesch begraben. 57. 57. Mach noch ne Null dran. 570. Noch ne Null und noch ne Null. 57 000. Und noch und noch. Und noch. 57 000 000. Die haben sie bei Woronesch begraben. Sie hatten keine Ahnung. Sie wollten nicht. Das hatten sie gar nicht gewollt. Und vorher haben sie noch gesungen. Juppheidi. Nachher haben sie nichts mehr gesagt. Und der eine hat das Grammophon nicht gekauft. Sie haben ihn bei Woronesch und die andern 56 auch begraben. 57 Stück. Nur ich. Ich, ich war noch nicht ganz tot. Ich muß zur Straßenbahn. Die Straße ist grau. Aber die Straßenbahn ist gelb. Ganz wunderhübsch gelb. Da muß ich mit. Nur daß die Straße so grau ist. So grau und so grau. Zweimal hab ich schon zickezacke vorwärts, Fischer! drei vier links zwei links zwei gelegen drei vier weiter, Fischer! Zickezacke juppheidi schneidig ist die Infantrie schneidig, Fischer! weiter, Fischer! links zwei drei vier wenn nur der Hunger der elende Hunger immer der elende links zwei drei vier links zwei links zwei links zwei – – – –

Wenn bloß die Nächte nicht wärn. Wenn bloß die Nächte nicht wärn. Jedes Geräusch ist ein Tier. Jeder Schatten ist ein schwarzer Mann. Nie wird man die Angst vor den schwarzen Männern los. Auf dem Kopfkissen grummeln die ganze Nacht die Kanonen: Der Puls. Du hättest mich nie allein lassen sollen, Mutter. Jetzt finden wir uns nicht wieder. Nie wieder. Nie hättest du das tun sollen. Du hast doch die Nächte gekannt. Du hast doch gewußt von den Nächten. Aber du hast mich von dir geschrien. Aus dir heraus und in diese Welt mit den Nächten hineingeschrien. Und seitdem ist jedes Geräusch ein Tier in der Nacht. Und in den blaudunklen Ecken warten die schwarzen Männer. Mutter Mutter! In allen Ecken stehn die schwarzen Männer. Und jedes Geräusch ist ein Tier. Jedes Geräusch ist ein Tier. Und das Kopfkissen ist so heiß. Die ganze Nacht grummeln die Kanonen dadrauf. Und dann haben sie 57 bei Woronesch begraben. Und die Uhr schlurft wie ein altes Weib auf Latschen davon davon davon. Sie schlurft und schlurft und schlurft und keiner keiner hält sie auf. Und die Wände kommen immer näher. Und die Decke kommt immer tiefer. Und der Boden der Boden der wankt von der Welle Welt. Mutter Mutter! warum hast du mich allein gelassen, warum? Wankt von der Welle. Wankt von der Welt. 57. Rums.

Und ich will zur Straßenbahn. Die Kanonen haben gegrummelt. Der Boden wankt. Rums. 57. Und ich bin noch ein bißchen lebendig. Und ich will zur Straßenbahn. Die ist gelb in der grauen Straße. Wunderhübsch gelb in der grauen. Aber ich komm ja nicht hin. Zweimal hab ich schon gelegen. Denn ich hab Hunger. Und davon wankt der Boden. Wankt so wunderhübsch gelb von der Welle Welt. Wankt von der Hungerwelt. Wankt so welthungrig und straßenbahngelb.

Eben hat einer zu mir gesagt: Guten Tag, Herr Fischer. Bin ich Herr Fischer? Kann ich Herr Fischer sein, einfach wieder Herr Fischer? Ich war doch Leutnant Fischer. Kann ich denn wieder Herr Fischer sein? Bin ich Herr Fischer? Guten Tag, hat der gesagt. Aber der weiß nicht, daß ich Leutnant Fischer war. Einen guten Tag hat er gewünscht – für Leutnant Fischer gibt es keine guten Tage mehr. Das hat er nicht gewußt.

Und Herr Fischer geht die Straße lang. Die lange Straße lang. Die ist grau. Er will zur Straßenbahn. Die ist gelb. So wunderhübsch gelb. Links zwei, Herr Fischer. Links zwei drei vier. Herr Fischer hat Hunger. Er hält nicht mehr Schritt. Er will doch noch mit, denn die Straßenbahn ist so wunderhübsch gelb in dem Grau. Zweimal hat Herr Fischer schon gelegen. Aber Leutnant Fischer kommandiert: Links zwei drei vier vorwärts, Herr Fischer! Weiter, Herr Fischer! Schneidig, Herr Fischer, kommandiert Leutnant Fischer. Und Herr Fischer marschiert die graue Straße lang, die graue graue lange Straße lang. Die Mülleimerallee. Das Aschkastenspalier. Das Rinnsteinglacis. Die Champs-Ruinés. Den Muttschuttschlaginduttbroadway. Die Trümmerparade. Und Leutnant Fischer kommandiert. Links zwei links zwei. Und Herr Fischer Herr Fischer marschiert, links zwei links zwei links zwei links vorbei vorbei vorbei ————

Das kleine Mädchen hat Beine, die sind wie Finger so dünn. Wie Finger im Winter. So dünn und so rot und so blau und so dünn. Links zwei drei vier machen die Beine. Das kleine Mädchen sagt immerzu und Herr Fischer marschiert nebenan das sagt immerzu: Lieber Gott, gib mir Suppe. Lieber Gott, gib mir Suppe. Ein Löffelchen nur. Ein Löffelchen nur. Ein Löffelchen nur. Die Mutter hat Haare, die sind schon tot. Lange schon tot. Die Mutter sagt: Der liebe Gott kann dir keine Suppe geben, er kann es doch nicht. Warum kann der liebe Gott mir keine Suppe geben? Er hat doch keinen Löffel. Den hat er nicht. Das kleine Mädchen geht auf seinen Fingerbeinen, den dünnen blauen Winterbeinen, neben der Mutter. Herr Fischer geht nebenan. Von der Mutter sind die Haar schon tot. Sie sind schon ganz fremd um den Kopf. Und das kleine Mädchen tanzt rundherum um die Mutter herum um Herrn Fischer herum rundherum: Er hat ja keinen Löffel. Er hat ja keinen Löffel. Er hat ja keinen nicht mal einen hat ja keinen Löffel. So tanzt das kleine Mädchen rundherum. Und Herr Fischer marschiert hinteran. Wankt nebenan auf der Welle Welt. Wankt von der Welle Welt. Aber Leutnant

Fischer kommandiert: Links zwei juppvorbei schneidig, Herr Fischer, links zwei und das kleine Mädchen singt dabei: Er hat ja keinen Löffel. Er hat ja keinen Löffel. Und zweimal hat Herr Fischer schon gelegen. Vor Hunger gelegen. Er hat ja keinen Löffel. Und der andere kommandiert: Juppheidi juppheidi die Infantrie die Infantrie die Infantrie — — — —

57 haben sie bei Woronesch begraben. Ich bin Leutnant Fischer. Mich haben sie vergessen. Ich war noch nicht ganz tot. Zweimal hab ich schon gelegen. Jetzt bin ich Herr Fischer. Ich bin 25 Jahre alt. 25 mal 57. Und die haben sie bei Woronesch begraben. Nur ich, ich, ich bin noch unterwegs. Ich muß die Straßenbahn noch kriegen. Hunger hab ich. Aber der liebe Gott hat keinen Löffel. Er hat ja keinen Löffel. Ich bin 25 mal 57. Mein Vater hat mich verraten und meine Mutter hat mich ausgestoßen aus sich. Sie hat mich allein geschrien. So furchtbar allein. So allein. Jetzt gehe ich die lange Straße lang. Die wankt von der Welle Welt. Aber immer spielt einer Klavier. Immer spielt einer Klavier. Als mein Vater meine Mutter sah – spielte einer Klavier. Als ich Geburtstag hatte – spielte einer Klavier. Bei der Heldengedenkfeier in der Schule – spielte einer Klavier. Als wir dann selbst Helden werden durften, als es den Krieg gab – spielte einer Klavier. Im Lazarett – spielte dann einer Klavier. Als der Krieg aus war – spielte immer noch einer Klavier. Immer spielt einer. Immer spielt einer Klavier. Die ganze lange Straße lang.

Die Lokomotive tutet. Timm sagt, sie weint. Wenn man hochkuckt, zittern die Sterne. Immerzu tutet die Lokomotive. Aber Timm sagt, sie weint. Immerzu. Die ganze Nacht. Die ganze lange Nacht nun schon. Sie weint, das tut einem im Magen weh, wenn sie so weint, sagt Timm. Sie weint wie Kinder, sagt er. Wir haben einen Wagen mit Holz. Das riecht wie Wald. Unser Wagen hat kein Dach. Die Sterne zittern, wenn man hochkuckt. Da tutet sie wieder. Hörst du? sagt Timm, sie weint wieder. Ich versteh nicht, warum die Lokomotive weint. Timm sagt es. Wie Kinder, sagt er. Timm sagt, ich hätte den Alten nicht vom Wagen schubsen sollen. Ich hab den Alten nicht vom Wagen geschubst. Du hättest es nicht tun sollen, sagt Timm. Ich hab es nicht getan. Sie weint, hörst du, wie sie weint, sagt Timm, du hättest es nicht tun sollen. Ich hab den Alten nicht vom Wagen geschubst. Sie weint nicht. Sie tutet. Lokomotiven tuten. Sie weint, sagt Timm. Er ist von selbst vom Wagen gefallen. Ganz von selbst, der Alte. Er hat gepennt, Timm, gepennt hat er, sag ich dir. Da ist er von selbst vom Wagen gefallen. Du hättest es nicht tun sollen. Sie weint. Die ganze Nacht nun schon. Timm sagt, man soll keine alten Männer vom Wagen schubsen. Ich hab es nicht getan. Er hat gepennt. Du hättest es nicht tun sollen, sagt Timm. Timm sagt, er hat in Rußland mal einen Alten in den Hintern getreten. Weil er so langsam war. Und er nahm immer so wenig auf einmal. Sie waren beim Munitionsschleppen. Da hat Timm den Alten in den Hintern getreten. Da hat der Alte sich umgedreht. Ganz langsam, sagt Timm, und er hat ihn ganz traurig angekuckt. Gar nichts weiter. Aber er hat ein Gesicht gehabt wie sein Vater. Genau wie sein Vater. Das sagt Timm. Die Lokomotive tutet. Manchmal hört es sich an, als ob sie schreit. Timm meint sogar, sie weint. Vielleicht hat Timm recht. Aber ich hab den Alten nicht vom Wagen geschubst. Er hat gepennt. Da ist er von selbst. Es rüttelt ja ziemlich auf den Schienen. Wenn man hochkuckt, zittern die Sterne. Der Wagen wankt von der Welle Welt. Sie tutet. Schrein tut sie. Schrein, daß die Sterne zittern. Von der Welle Welt.

Aber ich bin noch unterwegs. Zwei drei vier. Zur Straßenbahn. Zweimal hab ich schon gelegen. Der Boden wankt von der Welle Welt. Wegen dem Hunger. Aber ich bin unterwegs. Ich bin schon so lange so lange unterwegs. Die lange Straße lang. Die Straße.

Der kleine Junge hält die Hände auf. Ich soll die Nägel holen.

Der Schmied zählt die Nägel. Drei Mann? fragt er. Vati sagt, für drei Mann.

Die Nägel fallen in die Hände. Der Schmied hat dicke breite Finger. Der kleine Junge ganz dünne, die sich biegen von den großen Nägeln.

Ist der, der sagt, er ist Gottes Sohn, auch dabei?

Der kleine Junge nickt.

Sagt er immer noch, daß er Gottes Sohn ist?

Der kleine Junge nickt. Der Schmied nimmt die Nägel noch mal. Dann läßt er sie wieder in die Hände fallen. Die kleinen Hände biegen sich davon. Dann sagt der Schmied: Na ja.

Der kleine Junge geht weg. Die Nägel sind schön blank. Der kleine Junge läuft. Da machen die Nägel ein Geräusch. Der Schmied nimmt den Hammer. Na ja, sagt der Schmied. Dann hört der kleine Junge hinter sich: Pink Pank Pink Pank. Er schlägt wieder, denkt der kleine Junge. Nägel macht er, viele blanke Nägel.

57 haben sie bei Woronesch begraben. Ich bin über. Aber ich hab Hunger. Mein Reich ist von dieser dieser Welt. Und der Schmied hat die Nägel umsonst gemacht, juppheidi, umsonst gemacht, die Infantrie, umsonst die schönen blanken Nägel. Denn 57 haben sie bei Woronesch begraben. Pink Pank macht der Schmied. Pink Pank bei Woronesch. Pink Pank. 57 mal Pink Pank. Pink Pank macht der Schmied. Pink Pank macht die Infantrie. Pink Pank machen die Kanonen. Und das Klavier spielt immerzu Pink Pank Pink Pank Pink Pank – – – –

57 kommen jede Nacht nach Deutschland. 9 Autoschlosser, 2 Gärtner, 5 Beamte, 6 Verkäufer, 1 Friseur, 17 Bauern, 2 Lehrer, 1 Pastor, 6 Arbeiter, 1 Musiker, 7 Schuljungen. 57 kommen jede Nacht an mein Bett, 57 fragen jede Nacht: Wo ist deine Kompanie? Bei Woronesch, sag ich dann. Begraben, sag ich dann. Bei Woronesch begraben. 57 fragen Mann für Mann: Warum? Und 57mal bleib ich stumm.

57 gehen nachts zu ihrem Vater. 57 und Leutnant Fischer. Leutnant Fischer bin ich. 57 fragen nachts ihren Vater: Vater, warum? Und der

Vater bleibt 57mal stumm. Und er friert in seinem Hemd. Aber er kommt mit.

57 gehen nachts zum Ortsvorsteher. 57 und der Vater und ich. 57 fragen nachts den Ortsvorsteher: Ortsvorsteher, warum? Und der Ortsvorsteher bleibt 57mal stumm. Und er friert in seinem Hemd. Aber er kommt mit.

57 gehen nachts zum Pfarrer. 57 und der Vater und der Ortsvorsteher und ich. 57 fragen nachts den Pfarrer: Pfarrer, warum? Und der Pfarrer bleibt 57mal stumm. Und er friert in seinem Hemd. Aber er kommt mit.

57 gehen nachts zum Schulmeister. 57 und der Vater und der Ortsvorsteher und der Pfarrer und ich. 57 fragen nachts den Schulmeister: Schulmeister, warum? Und der Schulmeister bleibt 57mal stumm. Und er friert in seinem Hemd. Aber er kommt mit.

57 gehen nachts zum General. 57 und der Vater und der Ortsvorsteher und der Pfarrer und der Schulmeister und ich. 57 fragen nachts den General: General, warum? Und der General – der General dreht sich nicht einmal rum. Da bringt der Vater ihn um. Und der Pfarrer? Der Pfarrer bleibt stumm.

57 gehen nachts zum Minister. 57 und der Vater und der Ortsvorsteher und der Pfarrer und der Schulmeister und ich. 57 fragen nachts den Minister: Minister, warum? Da hat der Minister sich sehr erschreckt. Er hatte sich so schön hinterm Sektkorb versteckt, hinterm Sekt. Und da hebt er sein Glas und prostet nach Süden und Norden und Westen und Osten. Und dann sagt er: Deutschland, Kameraden, Deutschland! Darum! Da sehen die 57 sich um. Stumm. So lange und stumm. Und sie sehen nach Süden und Norden und Westen und Osten. Und dann fragen sie leise: Deutschland? Darum? Dann drehen die 57 sich rum. Und sehen sich niemals mehr um. 57 legen sich bei Woronesch wieder ins Grab. Sie haben alte arme Gesichter. Wie Frauen. Wie Mütter. Und sie sagen die Ewigkeit durch: Darum? Darum? Darum?

57 haben sie bei Woronesch begraben. Ich bin über. Ich bin Leutnant Fischer. Ich bin 25. Ich will noch zur Straßenbahn. Ich will mit. Ich bin schon lange lange unterwegs. Nur Hunger hab ich. Aber ich muß. 57 fragen: Warum? Und ich bin über. Und ich bin schon so lange die lange lange Straße unterwegs. Unterwegs. Ein Mann. Herr Fischer. Ich bin es. Leutnant steht drüben und kommandiert: Links zwei drei vier links zwei drei vier zickezacke juppheidi zwei drei vier links zwei drei vier die Infantrie die Infantrie pink pank pink pank drei vier pink pank drei vier pink pank pink pank die lange Straße lang pink pank immer lang immer rum warum warum warum pink pank pink pank bei Woronesch darum bei Woronesch darum pink pank die lange Straße lang. Ein Mensch. 25. Ich. Die Straße. Die lange lange. Ich. Haus Haus Haus Wand Wand Milchgeschäft Vorgarten Kuhgeruch Haustür.

Wand Wand Wand

Hilde Bauer ist doof

Leutnant Fischer ist dumm. 57 fragen: warum. Wand Wand Tür Fenster Glas Glas Glas Laterne alte Frau rote rote Augen Bratkartoffelgeruch Haus Haus Klavierunterricht pink pank die ganze Straße lang die Nägel sind so blank Kanonen sind so lang pink pank die ganze Straße lang Kind Kind Hund Ball Auto Pflasterstein Pflasterstein Kopfsteinköpfe Köpfe pink pank Stein Stein grau grau violett Benzinfleck grau grau die lange lange Straße lang Stein Stein grau blau flau flau so grau Wand Wand grüne Emaille

Schlechte Augen schnell behoben

Optiker Terboben

Im 2. Stockwerk oben

Wand Wand Wand Stein Hund Hund hebt Bein Baum Seele Hundetraum Auto hupt noch Hund pupt doch Pflaster rot Hund tot Hund tot Hund tot Wand Wand Wand die lange Straße lang Fenster Wand Fenster Fenster Fenster Lampen Leute Licht Männer immer noch Männer blanke Gesichter wie Nägel so blank so wunderhübsch blank − − − −

Vor hundert Jahren spielten sie Skat. Vor hundert Jahren spielten sie schon. Und jetzt jetzt spielen sie noch. Und in hundert Jahren dann spielen sie auch immer noch. Immer noch Skat. Die drei Männer. Mit blanken biederen Gesichtern.

Passe.

Karl, sag mehr.

Ich passe auch.

Also dann − − ihr habt gemauert, meine Herren.

Du hättest ja auch passen können, dann hätten wir einen schönen Ramsch gehabt.

Man los. Man los. Wie heißt er?

Das Kreuz ist heilig. Wer spielt aus?

Immer der fragt.

Einmal hat es die Mutter erlaubt. Und noch mal Trumpf! Was, Karl, du hast kein Kreuz mehr?

Diesmal nicht.

Na, dann wollen wir mal auf die Dörfer gehen. Ein Herz hat jeder.

Trumpf! Nun wimmel, Karl, was du bei der Seele hast. Achtundzwanzig.

Und noch einmal Trumpf!

Vor hundert Jahren spielten sie schon. Spielten sie Skat. Und in hundert Jahren, dann spielen sie noch. Spielen sie immer noch Skat mit blanken biederen Gesichtern. Und wenn sie ihre Fäuste auf den Tisch donnern lassen, dann donnert es. Wie Kanonen. Wie 57 Kanonen.

Aber ein Fenster weiter sitzt eine Mutter. Die hat drei Bilder vor sich. Drei Männer in Uniform. Links steht ihr Mann. Rechts steht ihr Sohn. Und in der Mitte steht der General. Der General von ihrem Mann und ihrem Sohn. Und wenn die Mutter abends zu Bett geht, dann stellt sie die Bilder, daß sie sie sieht, wenn sie liegt. Den Sohn. Und den Mann. Und in der Mitte den General. Und dann liest sie die Briefe, die der General schrieb. 1917. Für Deutschland. – steht auf dem einen. 1940. Für Deutschland. – steht auf dem anderen. Mehr liest die Mutter nicht. Ihre Augen sind ganz rot. Sind so rot.

Aber ich bin über. Juppheidi. Für Deutschland. Ich bin noch unterwegs. Zur Straßenbahn. Zweimal hab ich schon gelegen. Wegen dem Hunger. Juppheidi. Aber ich muß hin. Der Leutnant kommandiert. Ich bin schon unterwegs. Schon lange lange unterwegs.

Da steht ein Mann in einer dunklen Ecke. Immer stehen Männer in den dunklen Ecken. Immer stehn dunkle Männer in den Ecken. Einer steht da und hält einen Kasten und einen Hut. Pyramidon! bellt der Mann. Pyramidon! 20 Tabletten genügen. Der Mann grinst, denn das Geschäft geht gut. Das Geschäft geht so gut. 57 Frauen, rotäugige Frauen, die kaufen Pyramidon. Mach eine Null dran. 570. Noch eine und noch eine. 57 000. Und noch und noch und noch. 57 000 000. Das Geschäft geht gut. Der Mann bellt: Pyramidon. Er grinst, der Laden floriert: 57 Frauen, rotäugige Frauen, die kaufen Pyramidon. Der Kasten wird leer. Und der Hut wird voll. Und der Mann grinst. Er kann gut grinsen. Er hat keine Augen. Er ist glücklich: Er hat keine Augen. Er sieht die Frauen nicht. Sieht die 57 Frauen nicht. Die 57 rotäugigen Frauen.

Nur ich bin über. Aber ich bin schon unterwegs. Und die Straße ist lang. So fürchterlich lang. Aber ich will zur Straßenbahn. Ich bin schon unterwegs. Schon lange lange unterwegs.

In einem Zimmer sitzt ein Mann. Der Mann schreibt mit Tinte auf weißem Papier. Und er sagt in das Zimmer hinein:

Auf dem Braun der Ackerkrume
weht hellgrün ein Gras.
Eine blaue Blume
ist vom Morgen naß.

Er schreibt es auf das weiße Papier. Er liest es ins leere Zimmer hinein. Er streicht es mit Tinte wieder durch. Er sagt in das Zimmer hinein:

Auf dem Braun der Ackerkrume
weht hellgrün ein Gras.
Eine blaue Blume
lindert allen Haß.

Der Mann schreibt es hin. Er liest es in das leere Zimmer hinein. Er streicht es wieder durch. Dann sagt er in das Zimmer hinein:

> Auf dem Braun der Ackerkrume
> weht hellgrün ein Gras.
> Eine blaue Blume –
> Eine blaue Blume –
> Eine blaue –

Der Mann steht auf. Er geht um den Tisch herum. Immer um den Tisch herum. Er bleibt stehen:

> Eine blaue–
> Eine blaue –
> Auf dem Braun der Ackerkrume –

Der Mann geht immer um den Tisch herum.

57 haben sie bei Woronesch begraben. Aber die Erde war grau. Und wie Stein. Und da weht kein hellgrünes Gras. Schnee war da. Und der war wie Glas. Und ohne blaue Blume. Millionenmal Schnee. Und keine blaue Blume. Aber der Mann in dem Zimmer weiß das nicht. Er weiß es nie. Er sieht immer die blaue Blume. Überall die blaue Blume. Und dabei haben sie 57 bei Woronesch begraben. Unter glasigem Schnee. Im grauen gräulichen Sand. Ohne Grün. Und ohne Blau. Der Sand war eisig und grau. Und der Schnee war wie Glas. Und der Schnee lindert keinen Haß. Denn 57 haben sie bei Woronesch begraben. 57 begraben. Bei Woronesch begraben.

Das ist noch gar nichts, das ist ja noch gar nichts! sagt der Obergefreite mit der Krücke. Und er legt die Krücke über seine Fußspitze und zielt. Er kneift das eine Auge klein und zielt mit der Krücke über die Fußspitze. Das ist noch gar nichts, sagt er. 86 Iwans haben wir die eine Nacht geschafft. 86 Iwans. Mit einem MG., mein Lieber, mit einem einzigen MG. in einer Nacht. Am andern Morgen haben wir sie gezählt. Übereinander lagen sie. 86 Iwans. Einige hatten das Maul noch offen. Viele auch die Augen. Ja, viele hatten die Augen noch offen. In einer Nacht, mein Lieber. Der Obergefreite zielt mit seiner Krücke auf die alte Frau, die ihm auf der Bank gegenübersitzt. Er zielt auf die eine alte Frau, und er trifft 86 alte Frauen. Aber die wohnen in Rußland. Davon weiß er nichts. Es ist gut, daß er das nicht weiß. Was sollte er sonst wohl machen? Jetzt, wo es Abend wird?

Nur ich weiß es. Ich bin Leutnant Fischer. 57 haben sie bei Woronesch begraben. Aber ich war nicht ganz tot. Ich bin noch unterwegs. Zweimal hab ich schon gelegen. Vom Hunger. Denn der liebe Gott hat ja keinen Löffel. Aber ich will auf jeden Fall zur Straßenbahn. Wenn nur die Straße nicht so voller Mütter wäre. 57 haben sie bei Woronesch begraben. Und der Obergefreite hat am anderen Morgen 86 Iwans gezählt. Und 86 Mütter schießt er mit seiner Krücke tot. Aber er weiß es nicht, das ist gut. Wo sollte er sonst wohl hin. Denn der liebe Gott hat ja keinen Löffel. Es ist gut, wenn die Dichter die blauen Blumen blühen lassen. Es ist gut, wenn immer einer Klavier spielt. Es ist gut, wenn sie Skat spielen. Immer spielen sie Skat. Wo sollten sie sonst wohl hin, die alte Frau mit den drei Bildern am Bett, der Obergefreite mit den Krücken und den 86 toten Iwans, die Mutter mit dem kleinen Mädchen, das Suppe haben will, und Timm, der den alten Mann getreten hat? Wo sollten sie sonst wohl hin?

Aber ich muß die lange lange Straße lang. Lang. Wand Wand Tür Laterne Wand Wand Fenster Wand Wand und buntes Papier buntes bedrucktes Papier.

Sind Sie schon versichert?
Sie machen sich und Ihrer Familie
eine Weihnachtsfreude
mit einer Eintrittserklärung in die
Urania Lebensversicherung

57 haben ihr Leben nicht richtig versichert. Und die 86 toten Iwans auch nicht. Und sie haben ihren Familien keine Weihnachtsfreude gemacht. Rote Augen haben sie ihren Familien gemacht. Weiter nichts, rote Augen. Warum waren sie auch nicht auch nicht in der Urania Lebensversicherung? Und ich kann mich nun mit den roten Augen herumschlagen. Überall die roten rotgeweinten rotgeschluchzten Augen. Die Mutteraugen, die Frauenaugen. Überall die roten rotgeweinten Augen. Warum haben sich die 57 nicht versichern lassen? Nein, sie haben ihren Familien keine Weihnachtsfreude gemacht. Rote Augen. Nur rote Augen. Und dabei steht es doch auf tausend bunten Plakaten: Urania Lebensversicherung Urania Lebensversicherung – –

Evelyn steht in der Sonne und singt. Die Sonne ist bei Evelyn. Man sieht durch das Kleid die Beine und alles. Und Evelyn singt. Durch die Nase singt sie ein wenig und heiser singt sie bißchen. Sie hat heute nacht zu lange im Regen gestanden. Und sie singt, daß mir heiß wird, wenn ich die Augen zumach. Und wenn ich sie aufmach, dann seh ich die Beine bis oben und alles. Und Evelyn singt, daß mir die Augen verschwimmen. Sie singt den süßen Weltuntergang. Die Nacht singt sie und Schnaps, den gefährlich kratzenden Schnaps voll wundem Weltgestöhn. Das Ende singt Evelyn, das Weltende, süß und zwischen nackten schmalen Mädchenbeinen: heiliger himmlischer heißer Weltuntergang. Ach, Evelyn singt wie nasses Gras, so schwer von Geruch und Wollust und so grün. So dunkelgrün, so grün wie leere Bierflaschen neben den Bänken, auf denen Evelyns Knie abends mondblaß aus dem Kleid raussehen, daß mir heiß wird.

Sing, Evelyn, sing mich tot. Sing den süßen Weltuntergang, sing einen kratzenden Schnaps, sing einen grasgrünen Rausch. Und Evelyn drückt meine graskalte Hand zwischen die mondblassen Knie, daß mir heiß wird.

Und Evelyn singt. Komm lieber Mai und mache, singt Evelyn und hält meine graskalte Hand mit den Knien. Komm lieber Mai und mache die Gräber wieder grün. Das singt Evelyn. Komm lieber Mai und mache die Schlachtfelder bierflaschengrün und mache den Schutt, den riesigen Schuttacker grün wie mein Lied, wie mein schnapssüßes Untergangslied. Und Evelyn singt auf der Bank ein heiseres hektisches Lied, daß mir kalt wird. Komm lieber Mai und mache die Augen wieder blank, singt Evelyn und hält meine Hand mit den Knien. Sing, Evelyn, sing mich zurück unters bierflaschengrüne Gras, wo ich Sand war und Lehm war und Land war. Sing, Evelyn, sing und sing mich über die Schuttäcker und über die Schlachtfelder und über das Massengrab rüber in deinen süßen heißen mädchenheimlichen Mondrausch. Sing, Evelyn, sing, wenn die tausend Kompanien durch die Nächte marschieren, dann sing, wenn die tausend Kanonen die Äcker pflügen und düngen mit Blut. Sing, Evelyn, sing, wenn die Wände die Uhren und Bilder verlieren, dann sing mich in schnapsgrünen Rausch und in deinen süßen Weltuntergang. Sing, Evelyn, sing mich in dein Mädchendasein hinein, in dein heimliches, nächtliches Mädchengefühl, das so süß ist, daß mir heiß wird, wieder heiß wird von Leben. Komm lieber Mai und mache das Gras wieder grün, so bierflaschengrün, so evelyngrün. Sing, Evelyn!

Aber das Mädchen, das singt nicht. Das Mädchen, das zählt, denn das Mädchen hat einen runden Bauch. Ihr Bauch ist etwas zu rund. Und nun muß sie die ganze Nacht am Bahnsteig stehen, weil einer von den 57 nicht versichert war. Und nun zählt sie die ganze Nacht die Waggons. Eine Lokomotive hat 18 Räder. Ein Personenwagen 8. Ein Güterwagen 4. Das Mädchen mit dem runden Bauch zählt die Waggons und die Räder – die Räder die Räder die Räder – – – – 78, sagt sie einmal, das ist schon ganz schön. 62, sagt sie dann, das reicht womöglich nicht. 110, sagt sie, das reicht. Dann läßt sie sich fallen und fällt vor den Zug. Der Zug hat eine Lokomotive, 6 Personenwagen und fünf Güterwagen. Das sind 86 Räder. Das reicht. Das Mädchen mit dem runden Bauch ist nicht mehr da, als der Zug mit seinen 86 Rädern vorbei ist. Sie ist einfach nicht mehr da. Kein bißchen. Kein einziges kleines bißchen ist mehr von ihr da. Sie hatte keine blaue Blume und keiner spielte für sie Klavier und keiner mit ihr Skat. Und der liebe Gott hatte keinen Löffel für sie. Aber die Eisenbahn hatte die vielen schönen Räder. Wo sollte sie sonst auch hin? Was sollte sie sonst wohl tun? Denn der liebe Gott hatte nicht mal einen Löffel. Und nun ist von ihr nichts mehr über, gar nichts mehr über.

Nur ich. Ich bin noch unterwegs. Noch immer unterwegs. Schon lange, so lang schon lang schon unterwegs. Die Straße ist lang. Ich komm die Straße und den Hunger nicht entlang. Sie sind beide so lang.

Hin und wieder schrein sie los. Links auf dem Fußballplatz. Rechts in dem großen Haus. Da schrein sie manchmal los. Und die Straße geht da mitten durch. Auf der Straße geh ich. Ich bin Leutnant Fischer. Ich bin 25. Ich hab Hunger. Ich komm schon von Woronesch. Ich bin schon lange unterwegs. Links ist der Fußballplatz. Und rechts das große Haus. Da sitzen sie drin. 1000. 2000. 3000. Und keiner sagt ein Wort. Vorne machen sie Musik. Und einige singen. Und die 3000 sagen kein Wort. Sie sind sauber gewaschen. Sie haben ihre Haare geordnet und reine Hemden haben sie an. So sitzen sie da in dem großen Haus und lassen sich erschüttern. Oder erbauen. Oder unterhalten. Das kann man nicht unterscheiden. Sie sitzen und lassen sich sauber gewaschen erschüttern. Aber sie wissen nicht, daß ich Hunger hab. Das wissen sie nicht. Und daß ich hier an der Mauer steh – ich, der von Woronesch, der auf der langen Straße mit dem langen Hunger unterwegs ist, schon so lange unterwegs ist – daß ich hier an der Mauer steh, weil ich vor Hunger vor Hunger nicht weiter kann. Aber das können sie ja nicht wissen. Die Wand, die dicke dumme Wand ist ja dazwischen. Und davor steh ich mit wackligen Knien – und dahinter sind sie in sauberer Wäsche und lassen sich Sonntag für Sonntag erschüttern. Für zehn Mark lassen sie sich die Seele umwühlen und den Magen umdrehen und die Nerven betäuben. Zehn Mark, das ist so furchtbar viel Geld. Für meinen Bauch ist das furchtbar viel Geld. Aber dafür steht auch das Wort PASSION auf den Karten, die sie für zehn Mark bekommen. MATTHÄUS-PASSION. Aber wenn der große Chor dann BARRABAS schreit, BARRABAS blutdurstig blutrünstig schreit, dann fallen sie nicht von den Bänken, die Tausend in sauberen Hemden. Nein und sie weinen auch nicht und beten auch nicht und man sieht ihren Gesichtern, sieht ihren Seelen eigentlich gar nicht viel an, wenn der große Chor BARRABAS schreit. Auf den Billetts steht für zehn Mark MATTHÄUS-PASSION. Man kann bei der Passion ganz vorne sitzen, wo die Passion recht laut erlitten wird, oder etwas weiter hinten, wo nur noch gedämpft gelitten wird. Aber das ist egal. Ihren Gesichtern sieht man nichts an, wenn der große Chor BARRABAS schreit. Alle beherrschen sich gut bei der Passion. Keine Frisur geht in Unordnung vor Not und vor Qual. Nein, Not und Qual, die werden ja nur da vorne gesungen und gegeigt, für zehn Mark vormusiziert. Und die BARRABAS-Schreier, die tun ja nur so, die werden ja schließlich fürs Schreien bezahlt. Und der große Chor schreit BARRABAS. MUTTER! schreit Leutnant Fischer auf der endlosen Straße. Leutnant Fischer bin ich. BARRABAS! schreit der große Chor der Saubergewaschenen. HUNGER! bellt der Bauch von Leutnant Fischer. Leutnant Fischer bin ich. TOR! schreien die Tausend auf dem Fußballplatz. BARRABAS! schreien sie links von der Straße. TOR schreien sie rechts von der Straße. WORONESCH! schrei ich dazwischen. Aber die Tausend schreien gegenan. Barrabas! schrein sie rechts. Tor! schrein sie links. Passion spielen sie rechts. Fussball spielen sie links. Ich steh dazwischen. Ich. Leutnant Fischer. 25 Jahre jung. 57 Millionen Jahre alt. Woronesch-Jahre. Mütter-Jahre. 57 Millionen Straßen-Jahre alt. Woronesch-Jahre. Und rechts schrein sie Barrabas. Und links schrein sie Tor. Und dazwischen steh ich ohne Mutter allein. Auf der wankenden Welle Welt ohne Mutter allein. Ich bin 25. Ich kenne die 57, die sie bei Woronesch begraben haben, die 57, die nichts wußten, die nicht wollten, die kenn ich Tag und Nacht. Und ich kenne die 86 Iwans, die morgens mit offenen Augen und Mäulern vor dem Maschinenge-wehr lagen. Ich kenne das kleine Mädchen, das keine Suppe hat, und ich kenne den Obergefreiten mit den Krücken. Barrabas schrein sie rechts für zehn Mark den Saubergewaschenen ins Ohr. Aber ich kenne die al-te Frau mit den drei Bildern am Bett und das Mädchen mit dem runden Bauch, das unter die Eisenbahn sprang. Tor! schrein sie links, tausend-mal Tor! Aber ich kenne Timm, der nicht schlafen kann, weil er den alten Mann getreten hat, und ich kenne die 57 rotäugigen Frauen, die bei dem blinden Mann Pyramidon einkaufen. Pyramidon steht für 2 Mark auf der kleinen Schachtel. Passion steht auf den Eintrittskarten rechts von der Straße, für 10 Mark Passion. Pokalspiel steht auf den blau-en, den blumenblauen Billetts für 4 Mark auf der linken Seite der Straße. Barrabas! schrein sie rechts. Tor! schrein sie links. Und immer bellt der blinde Mann: Pyramidon! Dazwischen steh ich ganz allein, ohne Mutter allein, auf der Welle, der wankenden Welle Welt allein. Mit meinem bellenden Hunger! Und ich kenne die 57 von Woronesch. Ich bin Leutnant Fischer. Ich bin 25. Die anderen schrein Tor und Bar-rabas im großen Chor. Nur ich bin über. Bin so furchtbar über. Aber es ist gut, daß die Saubergewaschenen die 57 von Woronesch nicht ken-nen. Wie sollten sie es sonst wohl aushalten bei Passion und Pokalspiel. Nur ich bin noch unterwegs. Von Woronesch her. Mit Hunger schon lange lange unterwegs. Denn ich bin über. Die andern haben sie bei Woronesch begraben. 57. Nur mich haben sie vergessen. Warum haben sie mich bloß vergessen? Nun hab ich nur noch die Wand. Die hält mich. Da muß ich entlang. Tor! schrein sie hinter mir her. Barrabas! schrein sie hinter mir her. Die lange lange Straße entlang. Und ich kann schon lange nicht mehr. Ich kann schon so lange nicht mehr. Und ich hab nur noch die Wand, denn meine Mutter ist nicht da. Nur die 57 sind da. Die 57 Millionen rotäugigen Mütter, die sind so furchtbar hinter mir her. Die Straße entlang. Aber Leutnant Fischer kommandiert: links zwei drei vier links zwei drei vier zickezacke Barrabas die blaue Blume ist so naß von Tränen und von Blut zicke zacke juppheidi begraben ist die Infan-trie unterm Fußballplatz unterm Fußballplatz.

Ich kann schon lange nicht mehr, aber der alte Leierkastenmann macht so schneidige Musik. Freut euch des Lebens, singt der alte Mann die

Straße lang. Freut euch, ihr bei Woronesch, juppheidi, so freut euch doch solange noch die blaue Blume blüht freut euch des Lebens solange noch der Leierkasten läuft – – –

Der alte Mann singt wie ein Sarg. So leise. Freut euch! singt er, solange noch, singt er, so leise, so nach Grab, so wurmig, so erdig, so nach Woronesch singt er, freut euch solange noch das Lämpchen Schwindel glüht! Solange noch die Windel blüht!

Ich bin Leutnant Fischer! schrei ich. Ich bin über. Ich bin schon lange die lange Straße unterwegs. Und 57 haben sie bei Woronesch begraben. Die kenn ich.

Freut euch, singt der Leierkastenmann.

Ich bin 25, schrei ich.

Freut euch, singt der Leierkastenmann.

Ich hab Hunger, schrei ich.

Freut euch, singt er und die bunten Hampelmänner an seiner Orgel schaukeln. Schöne bunte Hampelmänner hat der Leierkastenmann. Viele schöne hampelige Männer. Einen Boxer hat der Leierkastenmann. Der Boxer schwenkt die dicken dummen Fäuste und ruft: Ich boxe! Und er bewegt sich meisterlich. Einen fetten Mann hat der Leierkastenmann. Mit einem dicken dummen Sack voll Geld. Ich regiere, ruft der fette Mann und er bewegt sich meisterlich. Einen General hat der Leierkastenmann. Mit einer dicken dummen Uniform. Ich kommandiere, ruft er immerzu, ich kommandiere! Und er bewegt sich meisterlich. Und einen Dr. Faust hat der Leierkastenmann mit einem weißen weißen Kittel und einer schwarzen Brille. Und der ruft nicht und schreit nicht. Aber er bewegt sich fürchterlich so fürchterlich.

Freut euch, singt der Leierkastenmann und seine Hampelmänner schaukeln. Schaukeln fürchterlich. Schöne Hampelmänner hast du, Leierkastenmann, sag ich. Freut euch, singt der Leierkastenmann. Aber was macht der Brillenmann, der Brillenmann im weißen Kittel? frag ich. Er ruft nicht, er boxt nicht, er regiert nicht und er kommandiert nicht. Was macht der Mann im weißen Kittel, er bewegt sich, bewegt sich so fürchterlich! Freut euch, singt der Leierkastenmann, er denkt, singt der Leierkastenmann, er denkt und forscht und findet. Was findet er denn, der Brillenmann, denn er bewegt sich so fürchterlich. Freut euch, singt der Leierkastenmann, er erfindet ein Pulver, ein grünes Pulver, ein hoffnungsgrünes Pulver. Was kann man mit dem grünen Pulver machen, Leierkastenmann, denn er bewegt sich fürchterfürchterlich. Freut euch, singt der Leierkastenmann, mit dem hoffnungsgrünen Pulver kann man mit einem Löffelchen voll 100 Millionen Menschen totmachen, wenn man pustet, wenn man hoffnungsvoll pustet. Und der Brillenmann erfindet und erfindet. Freut euch doch solange noch, singt der Leierkastenmann. Er erfindet! schrei ich. Freut euch solange noch, singt der Leierkastenmann, freut euch doch solange noch.

Ich bin Leutnant Fischer. Ich bin 25. Ich hab dem Leierkastenmann den Mann im weißen Kittel weggenommen. Freut euch doch solange noch. Ich hab dem Mann, dem Brillenmann im weißen Kittel, den Kopf abgerissen! Freut euch doch solange noch. Ich hab dem weißen Kittelbrillenmann, dem Grünpulvermann, die Arme abgedreht. Freut euch doch solange noch. Ich hab den Hoffnungsgrünenerfindermann mittendurchgebrochen. Ich hab ihn mittenmittendurchgebrochen. Nun kann er kein Pulver mehr mischen, nun kann er kein Pulver mehr erfinden. Ich hab ihn mittenmittendurchgebrochen.

Warum hast du meinen schönen Hampelmann kaputt gemacht, ruft der Leierkastenmann, er war so klug, er war so weise, er war so faustisch klug und weise und erfinderisch. Warum hast du den Brillenmann kaputt gemacht, warum? fragt mich der Leierkastenmann.

Ich bin 25, schrei ich. Ich bin noch unterwegs, schrei ich. Ich hab Angst, schrei ich. Darum hab ich den Kittelmann kaputt gemacht. Wir wohnen in Hütten aus Holz und aus Hoffnung, schrei ich, aber wir wohnen. Und vor unsern Hütten da wachsen noch Rüben und Rhabarber. Vor unsern Hütten da wachsen Tomaten und Tabak. Wir haben Angst! schrei ich. Wir wollen leben! schrei ich. In Hütten aus Holz und Hoffnung! Denn die Tomaten und Tabak, die wachsen doch noch. Die wachsen doch noch. Ich bin 25, schrei ich, darum hab ich den Brillenmann im weißen Kittel umgebracht. Darum hab ich den Pulvermann kaputt gemacht. Darum darum darum – – –

Freut euch, singt da der Leierkastenmann, so freut euch doch solange noch solange noch solange noch freut euch, singt der Leierkastenmann und nimmt aus seinem furchtbar großen Kasten einen neuen Hampelmann mit einer Brille und mit einem weißen Kittel und mit einem Löffelchen ja Löffelchen voll hoffnungsgrünem Pulver. Freut euch, singt der Leierkastenmann, freut euch solange noch ich hab doch noch so viele viele weiße Männer so furchtbarfurchtbar viele. Aber die bewegen sich so fürchterfürchterlich, schrei ich, und ich bin 25 und ich hab Angst und ich wohne in einer Hütte aus Holz und aus Hoffnung. Und Tomaten und Tabak, die wachsen doch noch.

Freut euch doch solange noch, singt der Leierkastenmann.

Aber er bewegt sich doch so fürchterlich, schrei ich.

Nein, er bewegt sich nicht, er wird er wird doch nur bewegt.

Und wer bewegt ihn denn, wer wer bewegt ihn denn?

Ich, sagt da der Leierkastenmann so fürchterlich, ich!

Ich hab Angst, schrei ich und mach aus meiner Hand eine Faust und schlag sie dem Leierkastenmann dem fürchterlichen Leierkastenmann in das Gesicht. Nein, ich schlag ihn nicht, denn ich kann sein Gesicht das fürchterliche Gesicht nicht finden. Das Gesicht ist so hoch am Hals. Ich kann mit der Faust nicht heran. Und der Leierkastenmann der lacht so fürchterfürchterlich. Doch ich find es nicht ich find es nicht. Denn das

Gesicht ist ganz weit weg und lacht so lacht so fürchterlich. Es lacht so fürchterlich!

Durch die Straße läuft ein Mensch. Er hat Angst. Seine Mutter hat ihn allein gelassen. Nun schrein sie so fürchterlich hinter ihm her. Warum? schrein 57 von Woronesch her. Warum? Deutschland, schreit der Minister. Barrabas, schreit der Chor. Pyramidon, ruft der blinde Mann. Und die andern schrein: Tor. Schrein 57mal Tor. Und der Kittelmann, der weiße Brillenkittelmann, bewegt sich so fürchterlich. Und erfindet und erfindet und erfindet. Und das kleine Mädchen hat keinen Löffel. Aber der weiße Mann mit der Brille hat einen. Der reicht gleich für 100 Millionen. Freut euch, singt der Leierkastenmann.

Ein Mensch läuft durch die Straße. Die lange lange Straße lang. Er hat Angst. Er läuft mit seiner Angst durch die Welt. Durch die wankende Welle Welt. Der Mensch bin ich. Ich bin 25. Und ich bin unterwegs. Bin lange schon und immer noch unterwegs. Ich will zur Straßenbahn. Ich muß mit der Straßenbahn, denn alle sind hinter mir her. Sind furchtbar hinter mir her.

Ein Mensch läuft mit seiner Angst durch die Straße. Der Mensch bin ich. Ein Mensch läuft vor dem Schreien davon. Der Mensch bin ich. Ein Mensch glaubt an Tomaten und Tabak. Der Mensch bin ich. Ein Mensch springt auf die Straßenbahn, die gelbe gute Straßenbahn. Der Mensch bin ich.

Ich fahre mit der Straßenbahn, der guten gelben Straßenbahn. Wo fahren wir hin? frag ich die andern. Zum Fußballplatz? Zur Matthäus-Passion? Zu den Hütten aus Holz und aus Hoffnung mit Tomaten und Tabak? Wo fahren wir hin? frag ich die andern. Da sagt keiner ein Wort. Aber da sitzt eine Frau, die hat drei Bilder im Schoß. Und da sitzen drei Männer beim Skat nebendran. Und da sitzt auch der Krückenmann und das kleine Mädchen ohne Suppe und das Mädchen mit dem runden Bauch. Und einer macht Gedichte. Und einer spielt Klavier. Und 57 marschieren neben der Straßenbahn her. Zickezackejuppheidi schneidig war die Infanterie bei Woronesch heijuppheidi. An der Spitze marschiert Leutnant Fischer. Leutnant Fischer bin ich. Und meine Mutter marschiert hinterher. Marschiert 57 millionenmal hinter mir her. Wohin fahren wir denn? frag ich den Schaffner. Da gibt er mir ein hoffnungsgrünes Billett. Matthäus – Pyramidon steht da drauf. Bezahlen müssen wir alle, sagt er und hält seine Hand auf. Und ich gebe ihm 57 Mann. Aber wohin fahren wir denn? frag ich die andern. Wir müssen doch wissen: wohin? Da sagt Timm: Das wissen wir auch nicht. Das weiß keine Sau. Und alle nicken mit dem Kopf und grummeln: Das weiß keine Sau. Aber wir fahren. Tingeltangel, macht die Klingel der Straßenbahn und keiner weiß wohin. Aber alle fahren mit. Und der Schaffner macht ein unbegreifliches Gesicht. Es ist ein uralter Schaffner mit zehntausend Falten. Man kann nicht erkennen, ob es ein böser oder ein guter Schaffner ist. Aber alle bezahlen bei ihm. Und alle fahren mit. Und keiner weiß: ein guter oder böser. Und keiner weiß: wohin. Tingeltangel, macht die Klingel der Straßenbahn. Und keiner weiß: wohin? Und alle fahren: mit. Und keiner weiß – – – und keiner weiß – – – und keiner weiß – – –

LESEBUCHGESCHICHTEN

Alle Leute haben eine Nähmaschine, ein Radio, einen Eisschrank und ein Telefon. Was machen wir nun? fragte der Fabrikbesitzer.

Bomben, sagte der Erfinder.

Krieg, sagte der General.

Wenn es denn gar nicht anders geht, sagte der Fabrikbesitzer.

Der Mann mit dem weißen Kittel schrieb Zahlen auf das Papier. Er machte ganz kleine zarte Buchstaben dazu.

Dann zog er den weißen Kittel aus und pflegte eine Stunde lang die Blumen auf der Fensterbank. Als er sah, daß eine Blume eingegangen war, wurde er sehr traurig und weinte.

Und auf dem Papier standen die Zahlen. Danach konnte man mit einem halben Gramm in zwei Stunden tausend Menschen tot machen.

Die Sonne schien auf die Blumen.

Und auf das Papier.

Zwei Männer sprachen miteinander.

Kostenanschlag?

Mit Kacheln?

Mit grünen Kacheln natürlich.

Vierzigtausend.

Vierzigtausend? Gut. Ja, mein Lieber, hätte ich mich nicht rechtzeitig von Schokolade auf Schießpulver umgestellt, dann könnte ich Ihnen diese vierzigtausend nicht geben.

Und ich Ihnen keinen Duschraum.

Mit grünen Kacheln.

Mit grünen Kacheln.

Die beiden Männer gingen auseinander.

Es waren ein Fabrikbesitzer und ein Bauunternehmer.

Es war Krieg.

Kegelbahn. Zwei Männer sprachen miteinander.

Nanu, Studienrat, dunklen Anzug an. Trauerfall?

Keineswegs, keineswegs. Feier gehabt. Jungens gehn an die Front. Kleine Rede gehalten. Sparta erinnert. Clausewitz zitiert. Paar Begriffe

81

mitgegeben: Ehre, Vaterland. Hölderlin lesen lassen. Langemarck gedacht. Ergreifende Feier. Ganz ergreifend. Jungens haben gesungen: Gott, der Eisen wachsen ließ. Augen leuchteten. Ergreifend. Ganz ergreifend.

Mein Gott, Studienrat, hören Sie auf. Das ist ja gräßlich.

Der Studienrat starrte die anderen entsetzt an. Er hatte beim Erzählen lauter kleine Kreuze auf das Papier gemacht. Lauter kleine Kreuze. Er stand auf und lachte. Nahm eine neue Kugel und ließ sie über die Bahn rollen. Es donnerte leise. Dann stürzten hinten die Kegel. Sie sahen aus wie kleine Männer.

Zwei Männer sprachen miteinander.

Na, wie ist es?
Ziemlich schief.
Wieviel haben Sie noch?
Wenn es gut geht: viertausend.
Wieviel können Sie mir geben?
Höchstens achthundert.
Die gehen drauf.
Also tausend.
Danke.
Die beiden Männer gingen auseinander.
Sie sprachen von Menschen.
Es waren Generale.
Es war Krieg.

Zwei Männer sprachen miteinander.

Freiwilliger?
'türlich.
Wie alt?
Achtzehn. Und du?
Ich auch.
Die beiden Männer gingen auseinander.
Es waren zwei Soldaten.
Da fiel der eine um. Er war tot.
Es war Krieg.

Als der Krieg aus war, kam der Soldat nach Haus. Aber er hatte kein Brot. Da sah er einen, der hatte Brot. Den schlug er tot.

Du darfst doch keinen totschlagen, sagte der Richter.

Warum nicht, fragte der Soldat.

Als die Friedenskonferenz zu Ende war, gingen die Minister durch die Stadt. Da kamen sie an einer Schießbude vorbei. Mal schießen, der Herr? riefen die Mädchen mit den roten Lippen. Da nahmen die Minister alle ein Gewehr und schossen auf kleine Männer aus Pappe.

Mitten im Schießen kam eine alte Frau und nahm ihnen die Gewehre weg. Als einer der Minister es wiederhaben wollte, gab sie ihm eine Ohrfeige.

Es war eine Mutter.

Es waren mal zwei Menschen. Als sie zwei Jahre alt waren, da schlugen sie sich mit den Händen.

Als sie zwölf waren, schlugen sie sich mit Stöcken und warfen mit Steinen.

Als sie zweiundzwanzig waren, schossen sie mit Gewehren nach einander.

Als sie zweiundvierzig waren, warfen sie sich mit Bomben.

Als sie zweiundsechzig waren, nahmen sie Bakterien.

Als sie zweiundachtzig waren, da starben sie. Sie wurden nebeneinander begraben.

Als sich nach hundert Jahren ein Regenwurm durch ihre beiden Gräber fraß, merkte er gar nicht, daß hier zwei verschiedene Menschen begraben waren. Es war dieselbe Erde. Alles dieselbe Erde.

Als im Jahre 5000 ein Maulwurf aus der Erde rauskuckte, da stellte er beruhigt fest:
Die Bäume sind immer noch Bäume.
Die Krähen krächzen noch.
Und die Hunde heben immer noch ihr Bein.
Die Stinte und die Sterne,
das Moos und das Meer
und die Mücken:
Sie sind alle dieselben geblieben.
Und manchmal –
manchmal trifft man einen Menschen.

DIE HUNDEBLUME

Die Tür ging hinter mir zu. Das hat man wohl öfter, daß eine Tür hinter einem zugemacht wird – auch daß sie abgeschlossen wird, kann man sich vorstellen. Haustüren zum Beispiel werden abgeschlossen, und man ist dann entweder drinnen oder draußen. Auch Haustüren haben etwas so Endgültiges, Abschließendes, Auslieferndes. Und nun ist die Tür hinter mir zugeschoben, ja, geschoben, denn es ist eine unwahrscheinlich dicke Tür, die man nicht zuschlagen kann. Eine häßliche Tür mit der Nummer 432. Das ist das Besondere an dieser Tür, daß sie eine Nummer hat und mit Eisenblech beschlagen ist – das macht sie so stolz und unnahbar; denn sie läßt sich auf nichts ein, und die inbrünstigen Gebete rühren sie nicht.

Und nun hat man mich mit dem Wesen allein gelassen, nein, nicht nur allein gelassen, zusammen eingesperrt hat man mich mit diesem Wesen, vor dem ich am meisten Angst habe: Mit mir selbst.

Weißt du, wie das ist, wenn du dir selbst überlassen wirst, wenn du mit dir allein gelassen bist, dir selbst ausgeliefert bist? Ich kann nicht sagen, daß es unbedingt furchtbar ist, aber es ist eines der tollsten Abenteuer, die wir auf dieser Welt haben können: Sich selbst zu begegnen. So begegnen wie hier in der Zelle 432: nackt, hilflos, konzentriert auf nichts als auf sich selbst, ohne Attribut und Ablenkung und ohne die Möglichkeit einer Tat. Und das ist das Entwürdigendste: Ganz ohne die Möglichkeit zu einer Tat zu sein. Keine Flasche zum Trinken oder zum Zerschmettern zu haben, kein Handtuch zum Aufhängen, kein Messer zum Ausbrechen oder zum Aderndurchschneiden, keine Feder zum Schreiben – nichts zu haben – als sich selbst.

Das ist verdammt wenig in einem leeren Raum mit vier nackten Wänden. Das ist weniger als die Spinne hat, die sich ein Gerüst aus dem Hintern drängt und ihr Leben daran riskieren kann, zwischen Absturz und Auffangen wagen kann. Welcher Faden fängt uns auf, wenn wir abstürzen?

Unsere eigene Kraft? Fängt ein Gott uns auf? Gott – ist das die Kraft, die einen Baum wachsen und einen Vogel fliegen läßt – ist Gott das Leben? Dann fängt er uns wohl manchmal auf – wenn wir wollen.

Als die Sonne ihre Finger von dem Fenstergitter nahm und die Nacht aus den Ecken kroch, trat etwas aus dem Dunkel auf mich zu – und ich dachte, es wäre Gott. Hatte jemand die Tür geöffnet? War ich nicht mehr allein? Ich fühlte, es ist etwas da, und das atmet und wächst. Die Zelle wurde zu eng – ich fühlte, daß die Mauern weichen mußten vor diesem, das da war und das ich Gott nannte.

Du, Nummer 432, Menschlein – laß dich nicht besoffen machen von der Nacht! Deine Angst ist mit dir in der Zelle, sonst nichts! Die Angst und die Nacht. Aber die Angst ist ein Ungeheuer, und die Nacht kann furchtbar werden wie ein Gespenst, wenn wir mit ihr allein sind.

Da trudelte der Mond über die Dächer und leuchtete die Wände ab. Affe, du! Die Wände sind so eng wie je, und die Zelle ist leer wie eine Apfelsinenschale. Gott, den sie den Guten nennen, ist nicht da. Und was da war, das was sprach, war in dir. Vielleicht war es ein Gott aus dir – du warst es! Denn du bist auch Gott, alle, auch die Spinne und die Makrele sind Gott. Gott ist das Leben – das ist alles. Aber das ist so viel, daß er nicht mehr sein kann. Sonst ist nichts. Aber dieses Nichts überwältigt uns oft.

Die Zellentür war so zu wie eine Nuß – als ob sie nie offen war, und von der man wußte, daß sie von selbst nicht aufging – daß sie aufgebrochen werden mußte. So zu war die Tür. Und ich stürzte, mit mir allein gelassen, ins Bodenlose. Aber da schrie mich die Spinne an wie ein Feldwebel: Schwächling! Der Wind hatte ihre Netze zerrissen, und sie drängte mit Ameiseneifer ein neues und fing mich, den Hundertdreiundzwanzigpfündigen, in ihren hauchfeinen Seilen. Ich bedankte mich bei ihr, aber davon nahm sie überhaupt keine Notiz.

So gewöhnte ich mich langsam an mich. Man mutet sich so leichtfertig andern Menschen zu, und dabei kann man sich kaum selbst ertragen. Ich fand mich aber allmählich doch ganz unterhaltsam und vergnüglich – ich machte Tag und Nacht die merkwürdigsten Entdeckungen an mir.

Aber ich verlor in der langen Zeit den Zusammenhang mit allem, mit dem Leben, mit der Welt. Die Tage tropften schnell und regelmäßig von mir ab. Ich fühlte, wie ich langsam leerlief von der wirklichen Welt und voll wurde von mir selbst. Ich fühlte, daß ich immer weiter wegging von dieser Welt, die ich eben erst betreten hatte.

Die Wände waren so kalt und tot, daß ich krank wurde vor Verzweiflung und Hoffnungslosigkeit. Man schreit wohl ein paar Tage seine Not raus – aber wenn nichts antwortet, ermüdet man bald. Man schlägt wohl ein paar Stunden an Wand und Tür – aber wenn sie sich nicht auftun, sind die Fäuste bald wund, und der kleine Schmerz ist dann die einzige Lust an dieser Öde.

Es gibt doch wohl nichts Endgültiges auf dieser Welt. Denn die eingebildete Tür hatte sich aufgetan und viele andere dazu, und jede schubste einen scheuen, schlechtrasierten Mann hinaus in eine lange Reihe und in einen Hof mit grünem Gras in der Mitte und grauen Mauern ringsum.

Da explodierte ein Bellen um uns und auf uns zu – ein heiseres Bellen von blauen Hunden mit Lederriemen um den Bauch. Die hielten uns in Bewegung und waren selbst dauernd in Bewegung und bellten uns voll Angst. Aber wenn man genug Angst in sich hatte und ruhiger wurde, erkannte man, daß es Menschen waren in blauen, blassen Uniformen.

Man lief im Kreise. Wenn das Auge das erste erschütternde Wiedersehen mit dem Himmel überwunden und sich wieder an die Sonne gewöhnt hatte, konnte man blinzelnd erkennen, daß viele so zusammenhanglos trotteten und tief atmeten wie man selbst – siebzig, achtzig Mann vielleicht.

Und immer im Kreis – im Rhythmus ihrer Holzpantoffeln, unbeholfen, eingeschüchtert und doch für eine halbe Stunde froher als sonst. Wenn die blauen Uniformen mit dem Bellen im Gesicht nicht gewesen wären, hätte man bis in die Ewigkeit so trotten können – ohne Vergangenheit, ohne Zukunft: Ganz genießende Gegenwart: Atmen, Sehen, Gehen!

So war es zuerst. Fast ein Fest, ein kleines Fest. Aber auf die Dauer

– wenn man monatelang kampflos genießt – beginnt man abzuschweifen. Das kleine Glück genügt nicht mehr – man hat es satt, und die trüben Tropfen dieser Welt, der wir ausgeliefert sind, fallen in unser Glas. Und dann kommt der Tag, wo der Rundgang im Kreis eine Qual wird, wo man sich unter dem hohen Himmel verhöhnt fühlt und wo man Vordermann und Hintermann nicht mehr als Brüder und Mitleidende empfindet, sondern als wandernde Leichen, die nur dazu da sind, uns anzuekeln – und zwischen die man eingelattet ist als Latte ohne eigenes Gesicht in einem endlosen Lattenzaun, ach, und sie verursachen einem eher Übelkeit als sonstwas. Das kommt dann, wenn man monatelang kreist zwischen den grauen Mauern und von den blassen, blauen Uniformen mürbe gebellt ist.

Der Mann, der vor mir geht, war schon lange tot. Oder er war aus einem Panoptikum entsprungen, von einem komischen Dämon getrieben, zu tun, als sei er ein normaler Mensch – und dabei war er bestimmt längst tot. Ja! Nämlich seine Glatze, die von einem zerfransten Kranz schmutzig-grauer Haarbüschel umwildert ist, hat nicht diesen fettigen Glanz von lebendigen Glatzen, in denen sich Sonne und Regen noch trübe spiegeln können – nein, diese Glatze ist glanzlos, duff und matt wie aus Stoff. Wenn sich dieses Ganze da vor mir, das ich gar nicht Mensch nennen mag, dieser nachgemachte Mensch, nicht bewegen würde, könnte man diese Glatze für eine leblose Perücke halten. Und nicht mal die Perücke eines Gelehrten oder großen Säufers – nein, höchstens die eines Papierkrämers oder Zirkusclowns. Aber zäh ist sie, diese Perücke – sie kann schon aus Bosheit allein nicht abtreten, weil sie ahnt, daß ich, ihr Hintermann, sie hasse. Ja, ich hasse sie. Warum muß die Perücke – ich will nun man den ganzen Mann so nennen, das ist einfacher – warum muß sie vor mir hergehen und leben, während junge Spatzen die noch nichts vom Fliegen gewußt haben, sich aus der Dachrinne zu Tode stürzen? Und ich hasse die Perücke, weil sie feige ist – und wie feige! Sie fühlt meinen Haß, während sie blöde vor mir hertrottet, immer im Kreis, im ganz kleinen Kreis zwischen grauen Mauern, die auch kein Herz für uns haben, denn sonst würden sie eines Nachts heimlich fortwandern und sich um den Palast stellen, in dem unsere Minister wohnen.

Ich denke schon eine ganze Zeit darüber nach, warum man die Perücke ins Gefängnis gesperrt hat – was für eine Tat kann sie begangen haben – sie, die zu feige ist, sich nach mir umzudrehen, während ich sie andauernd quäle. Denn ich quäle sie: Ich trete ihr fortwährend auf die Hacken – mit Absicht natürlich – und mache mit meinem Mund ein übles Geräusch, als spuckte ich viertelpfundweise Lungenhaschee gegen ihren Rücken. Sie zuckt jedesmal verwundet zusammen. Trotzdem wagt sie es nicht, sich ganz nach ihrem Quäler umzusehen – nein, sie ist zu feige dazu. Sie dreht sich nur um ein paar Grad mit steifem Genick in meine Richtung nach hinten, aber die halbe Drehung bis zum Treffen unserer Augenpaare wagt sie nicht.

Was mag sie ausgefressen haben? Vielleicht hat sie unterschlagen oder gestohlen? Oder hat sie in einem Sexualanfall öffentliches Ärgernis erregt? Ja, das vielleicht. Einmal war sie berauscht von einem buckligen Eros aus ihrer Feigheit rausgehüpft in eine blöde Geilheit – na, und nun trottete sie vor mir her, stillvergnügt und erschrocken, einmal etwas gewagt zu haben.

Aber ich glaube, jetzt zittert sie insgeheim, weil sie weiß, daß ich hinter ihr gehe, ich, ihr Mörder! Oh, es würde mir leicht sein, sie zu morden, und es könnte ganz unauffällig geschehen. Ich hätte ihr nur das Bein zu stellen brauchen, dann wäre sie mit ihren viel zu stakigen Stelzen vornübergestolpert und hätte sich dabei wahrscheinlich ein Loch in den Kopf gestoßen – und dann wäre ihr die Luft mit einem phlegmatischen Pfff ... entwichen wie einem Fahrradschlauch. Ihr Kopf wäre in der Mitte auseinandergeplatzt wie weißlich-gelbes Wachs, und die wenigen Tropfen rote Tinte daraus hätten lächerlich verlogen gewirkt wie Himbeersaft auf der blauseidenen Bluse eines erdolchten Komödianten.

So haßte ich die Perücke, einen Kerl, dessen Visage ich nie gesehen hatte, dessen Stimme ich nie gehört hatte, von dem ich nur einen muffigen, mottenpulverigen Geruch kannte. Sicher hatte er – die Perücke – eine milde, müde Stimme ohne jede Leidenschaft, so kraftlos wie seine milchigen Finger. Sicher hatte er die vorstehenden Augen eines Kalbes und eine dicke, hängende Unterlippe, die dauernd Pralinen essen möchte. Es war die Maske eines Lebemannes, ohne Größe und mit dem Mut eines Papierhändlers, dessen Hebammenhände oftmals den ganzen Tag nichts getan hatten, als siebzehn Pfennige für ein Schreibheft vom Ladentisch zu streicheln.

Nein, kein Wort mehr über die Perücke! Ich hasse sie wirklich so sehr, daß ich mich leicht in einen Wutausbruch hineinsteigern könnte, bei dem ich mich zu sehr entblößen würde. Genug. Schluß. Ich will nie wieder von ihr reden, nie! –

Aber wenn einer, den du gerne verschweigen möchtest, ständig mit eingeknickten Knien in der Melodie eines Melodramas vor dir hergeht, dann wirst du ihn nicht los. Wie ein Juckreiz im Rücken, wo du mit den Händen nicht ankommst, reizt er dich immer wieder, an ihn zu denken, ihn zu empfinden, ihn zu hassen.

Ich glaube, ich muß die Perücke doch ermorden. Aber ich habe Angst, der Tote würde mir einen greulichen Streich spielen. Er würde sich plötzlich mit ordinärem Lachen daran erinnern, daß er früher ja Zirkusclown war, und sich aus seinem Blut hochwälzen. Vielleicht etwas verlegen, als hätte er das Blut nicht halten können wie andere Leute das Wasser. Kopfüber würde er durch die Gefängnismanege hampeln, hielte womöglich die Wärter für bockende Esel, die er bis zum Wahnsinn reizen würde, um dann mit gemachter Angst auf die Mauer zu springen. Von dort aus würde er dann seine Zunge wie einen Scheuerlappen gegen uns lüpfen und auf immer verschwinden.

Es ist nicht auszudenken, was alles geschehen würde, wenn sich plötzlich jeder auf das besinnen würde, was er eigentlich ist.

Denke nicht, daß mein Haß auf meinen Vordermann, auf die Perücke, hohl und grundlos ist – oh, man kann in Situationen kommen, wo man so von Haß überläuft und über die eigenen Grenzen hinweggeschwemmt wird, daß man nachher kaum zu sich selbst zurückfindet – so hat einen der Haß verwüstet.

Ich weiß, es ist schwer, mir zuzuhören und mit mir zu fühlen. Du sollst auch nicht zuhören, als wenn einer dir etwas von Gottfried Keller oder Dickens vorliest. Du sollst mit mir gehen, mitgehen in dem kleinen Kreis zwischen den unerbittlichen Mauern. Nicht in Gedanken neben mir – nein, körperlich hinter mir als mein Hintermann. Und dann wirst du sehen, wie schnell du mich hassen lernst. Denn wenn du mit uns (ich sage jetzt «uns», weil wir dieses eine alle gemeinsam haben) in unserm lendenlahmen Kreise wankst, dann bist du so leer von Liebe, daß der Haß wie Sekt in dir aufschäumt. Du läßt ihn auch schäumen, nur um diese entsetzliche Leere nicht mehr zu fühlen. Und glaube nur nicht, daß du mit leerem Magen und leerem Herzen zu besonderen Taten der Nächstenliebe aufgelegt sein wirst!

So wirst du also als ein von allem Guten Geleerter hinter mir herdammeln und monatelang nur auf mich angewiesen sein, auf meinen schmalen Rücken, den viel zu weichen Nacken und die leere Hose, in die der Anatomie nach eigentlich etwas mehr hineingehört. Am meisten wirst du aber auf meine Beine sehen müssen. Alle Hintermänner sehen auf die Beine ihres Vordermannes, und der Rhythmus seines Schrittes wird ihnen aufgezwungen und übernommen, auch wenn er ihnen fremd und unbequem ist. Ja, und da wird der Haß dich anfallen wie ein eifersüchtiges Weib, wenn du merkst, daß ich keinen Gang habe. Nein, ich habe keinen Gang. Es gibt tatsächlich Menschen, die keinen Gang haben – sie haben mehrere Stilarten, die sich nicht miteinander vereinen können zu einer Melodie. Ich bin so einer. Du wirst mich deswegen hassen, ebenso sinnlos und begründet, wie ich die Perücke hassen muß, weil ich ihr Hintermann bin. Wenn du dich gerade auf meinen etwas unsicheren, verspielten Schritt eingestellt hast, stellst du stockend fest, daß ich plötzlich ganz reell und energisch auftrete. Und kaum hast du diesen neuen Typ meines Gehens registriert, da fange ich einige Schritte weiter an, zerfahren und mutlos zu bummeln. Nein, du wirst keine Freude und Freundschaft über mich empfinden können. Du mußt mich hassen. Alle Hintermänner hassen ihre Vordermänner.

Vielleicht würde alles anders werden, wenn sich die Vordermänner mal nach ihren Hintermännern umsehen würden, um sich mit ihnen zu verständigen. So ist aber jeder Hintermann – er sieht nur seinen Vordermann und haßt ihn. Aber seinen Hintermann verleugnet er – da fühlt er sich Vordermann. So ist das in unserm Kreis hinter den grauen Mauern – so ist es aber wohl anderswo auch, überall vielleicht.

Ich hätte die Perücke doch umbringen sollen. Einmal heizte sie mir so ein, daß mein Blut an zu kochen fing. Das war, als ich die Entdeckung machte. Keine große Sache. Nur eine ganz kleine Entdeckung.

Habe ich schon gesagt, daß wir jeden Morgen eine halbe Stunde lang einen kleinen schmutzig-grünen Fleck Rasen umkreisten? In der Mitte der Manege von diesem seltsamen Zirkus war eine blasse Versammlung von Grashalmen, blaß und der einzelne Halm ohne Gesicht. Wie wir in diesem unerträglichen Lattenzaun. Auf der Suche nach Lebendigem, Buntem, lief mein Auge ohne große Hoffnung eigentlich und zufällig über die paar Hälmchen hin, die sich, als sie sich angesehen fühlten, unwillkürlich zusammennahmen und mir zunickten – und da entdeckte ich unter ihnen einen unscheinbaren gelben Punkt, eine Miniaturgeisha auf einer großen Wiese. Ich war so erschrocken über meine Entdeckung, daß ich glaubte, alle müßten es gesehen haben, daß meine Augen festgebackt auf das gelbe Etwas starrten, und ich sah schnell und sehr interessiert auf die Pantoffeln meines Vordermannes. Aber so wie du einem, mit dem du sprichst, immer auf den Fleck, den er an der Nase hat, stieren mußt und ihn ganz unruhig machst – so sehnten meine Augen sich nach dem gelben Punkt. Als ich jetzt dichter an ihm vorbeikam, tat ich so unbefangen wie möglich. Ich erkannte eine Blume, eine gelbe Blume. Es war ein Löwenzahn – eine kleine gelbe Hundeblume.

Sie stand ungefähr einen halben Meter links von unserm Weg, von dem Kreis, auf dem wir jeden Morgen eine Huldigung an die frische Luft darbrachten. Ich stand förmlich Angst aus und bildete mir ein, einer der Blauen folge schon mit Stielaugen der Richtung meines Blickes. Aber so sehr unsere Wachthunde gewohnt waren, auf jede individuelle Regung des Lattenzaunes mit wütendem Bellen zu reagieren – niemand hatte an meiner Entdeckung teilgenommen. Die kleine Hundeblume war noch ganz mein Eigentum.

Aber richtig freuen konnte ich mich nur wenige Tage an ihr. Sie sollte mir ganz gehören. Immer wenn unser Rundgang zu Ende ging, mußte ich mich gewaltsam von ihr losreißen, und ich hätte meine tägliche Brotration (und das will was sagen!) dafür gegeben, sie zu besitzen. Die Sehnsucht, etwas Lebendiges in der Zelle zu haben, wurde so mächtig in mir, daß die Blume, die schüchterne kleine Hundeblume, für mich bald den Wert eines Menschen, einer heimlichen Geliebten bekam: Ich konnte nicht mehr ohne sie leben – da oben zwischen den toten Wänden!

Und dann kam die Sache mit der Perücke. Ich fing es sehr schlau an. Jedesmal, wenn ich an meiner Blume vorbeikam, trat ich so unauffällig wie möglich einen Fuß breit vom Wege auf den Grasfleck. Wir haben alle einen tüchtigen Teil Herdentrieb in uns, und darauf spekulierte ich. Ich hatte mich nicht getäuscht. Mein Hintermann, sein Hintermann, dessen Hintermann – und so weiter – alle latschten stur und folgsam in meiner Spur. So gelang es mir in vier Tagen, unsern Weg so nahe an meine Hundeblume heranzubringen, daß ich sie mit der Hand hätte erreichen können, wenn ich mich gebückt hätte. Zwar starben einige zwanzig der blassen Grashalme durch mein Unternehmen einen staubigen Tod unter unsern Holzpantinen – aber wer denkt an ein paar zertretene Grashalme, wenn er eine Blume pflücken will!

Ich näherte mich der Erfüllung meines Wunsches. Zur Probe ließ ich einige Male meinen linken Strumpf runterrutschen, bückte mich ärgerlich und harmlos und zog ihn wieder hoch. Niemand fand etwas dabei. Also, morgen denn!

Ihr müßt mich nicht auslachen, wenn ich sage, daß ich am nächsten Tag mit Herzklopfen den Hof betrat und feuchte, erregte Hände hatte. Es war auch zu unwahrscheinlich, die Aussicht, nach monatelanger Einsamkeit und Liebelosigkeit unerwartet eine Geliebte in der Zelle zu haben.

Wir hatten unsere tägliche Ration Runden mit monotonem Pantoffelgeklöppel fast beendet – bei der vorletzten Runde sollte es geschehen. Da trat die Perücke in Aktion, und zwar auf die abgefeimteste und niederträchtigste Weise.

Wir waren eben in die vorletzte Runde eingebogen, die Blauen rasselten wichtig mit den Riesenschlüsselbunden, und ich näherte mich dem Tatort, von wo meine Blume mir ängstlich entgegensah. Vielleicht war ich nie so erregt wie in diesen Sekunden. Noch zwanzig Schritte. Noch fünfzehn Schritte, noch zehn, fünf . . .

Da geschah das Ungeheure! Die Perücke warf plötzlich, als begänne sie eine Tarantella, die dünnen Arme in die Luft, hob das rechte Bein graziös bis an den Nabel und machte auf dem linken Fuß eine Drehung nach hinten. Nie werde ich begreifen, wo sie den Mut hernahm – sie blitzte mich triumphierend an, als wüßte sie alles, verdrehte die Kalbsaugen, bis das Weiße zu schillern anfing, und klappte dann wie eine Marionette zusammen. Oh, nun war es gewiß: er mußte früher Zirkusclown gewesen sein, denn alles brüllte vor Lachen!

Aber da bellten die blauen Uniformen los, und das Lachen war weggewischt, als ob es nie gewesen war. Und einer trat gegen den Liegenden und sagte so selbstverständlich, wie man sagt: es regnet – so sagte er: Er ist tot!

Ich muß noch etwas gestehen – aus Ehrlichkeit gegen mich selbst. In dem Augenblick, als ich mit dem Mann, den ich die Perücke nannte, Auge in Auge war und fühlte, daß er unterlag, nicht mir, nein, dem Leben unterlag – in dieser Sekunde verlief mein Haß wie eine Welle am Strand, und es blieb nichts als ein Gefühl der Leere. Eine Latte war

aus dem Zaun gebrochen – der Tod war haarscharf an mir vorbeige-
pfiffen – da bemüht man sich schnell, gut zu sein. Und ich gönne der
Perücke noch nachträglich den vermeintlichen Sieg über mich.

Am nächsten Morgen hatte ich einen anderen Vordermann, der mich
die Perücke sofort vergessen machte. Er sah verlogen aus wie ein Theologe, aber ich glaube, er war eigens aus der Hölle beurlaubt, mir das
Pflücken meiner Blume völlig unmöglich zu machen.

Er hatte eine impertinente Art aufzufallen. Alles feixte über ihn. Sogar die blaßblauen Hunde konnten ein menschliches Grinsen nicht unter-
drücken, was sich ungeheuer merkwürdig ausmachte. Jeder Zoll ein
Staatsbeamter – aber die primitive Würde der stumpfen Berufssolda-
tengesichter war zu einer Grimasse verzerrt. Sie wollten nicht lachen,
bei Gott, nein! Aber sie mußten. Kennst du das Gefühl, das gönnerhaf-
te, wenn du mit jemandem böse bist und ihr seid beide Masken der
Unversöhnlichkeit, und nun geschieht irgend etwas Komisches, das euch
beide zum Lachen zwingt – ihr wollt nicht lachen, bei Gott, nein! Dann
zieht sich das Gesicht aber doch in die Breite und nimmt jenen bekannten
Ausdruck an, den man am treffendsten mit «Saures Grinsen» benen-
nen könnte. So erging es nun den Blauen, und das war die einzige mensch-
liche Regung, die wir überhaupt an ihnen bemerkten. Ja, dieser Theologe, das war eine Motte! Er war gerissen genug, verrückt zu sein – aber
er war nicht so verrückt, daß seine Gerissenheit darunter litt.

Wir waren siebenundsiebzig Mann in der Manege, und eine Meute
von zwölf uniformierten Revolverträgern umkläffte uns. Einige mochten zwanzig und mehr Jahre diesen Kläfferdienst ausüben, denn ihre
Münder waren im Laufe der Jahre bei vielen tausend Patienten eher
schnauzenähnlich geworden. Aber diese Angleichung an das Tierreich
hatte nichts von ihrer Einbildung genommen. Man hätte jeden einzelnen von ihnen so wie er war als Standbild benutzen können mit der
Aufschrift: L'Etat c'est moi.

Der Theologe (später erfuhr ich, daß er eigentlich Schlosser war und
bei Arbeiten an einer Kirche verunglückte – Gott nahm sich seiner an!)
war so verrückt oder gerissen, daß er ihre Würde vollkommen respektierte. Was sag ich – respektierte? Er pustete die Würde der blauen Uniformen auf zu einem Luftballon von ungeahnten Dimensionen, von denen die Träger selbst keine Ahnung hatten. Wenn sie auch über seine
Blödheit lachen mußten, ganz heimlich blähte doch ein gewisser Stolz
ihre Bäuche, daß sich die Lederkoppel spannten.

Immer wenn der Theologe einen der Wachthunde passierte, die breit-
beinig stehend ihre Macht zum Ausdruck brachten und, so oft es ging,
bissig auf uns losfuhren – jedesmal machte er eine durchaus ehrlich wir-
kende Verbeugung und sagte so innig-höflich und gut gemeint: Gesegnetes Fest, Herr Wachtmeister! – daß kein Gott ihm hätte zürnen können – viel weniger die eitlen Luftballons in Uniform. Und dabei leg-

te er seine Verbeugung so bescheiden an, daß es immer aussah, als wiche er einer Ohrfeige aus.

Und nun hatte der Teufel diesen Komiker-Theologen zu meinem Vordermann gemacht, und seine Verrücktheit strahlte so stark aus und nahm mich in Anspruch, daß ich meine neue kleine Geliebte, meine Hundeblume, beinahe vergaß. Ich konnte ihr kaum einen zärtlichen Blick zuwerfen, denn ich mußte einen irrsinnigen Kampf mit meinen Nerven austragen, der mir den Angstschweiß aus allen Löchern jagte. Jedesmal, wenn der Theologe seine Verbeugung machte und sein «Gesegnetes Fest, Herr Wachtmeister» wie Honig von der Zunge tropfen ließ – jedesmal mußte ich alle Muskeln anspannen, es ihm nicht nachzutun. Die Versuchung war so stark, daß ich mehrere Male den Staatsdenkmälern schon freundlich zunickte und es erst in der letzten Sekunde fertigbrachte, keine Verbeugung zu machen und stumm zu bleiben.

Wir kreisten täglich etwa eine halbe Stunde im Hof, das waren täglich zwanzig Runden, und zwölf Uniformen umstanden unsern Kreis. Der Theologe machte also auf jeden Fall zweihundertundvierzig Verbeugungen pro Tag, und zweihundertundvierzigmal mußte ich alle Konzentration aufbieten, nicht verrückt zu werden. Ich wußte, wenn ich das drei Tage gemacht hätte, würde ich mildernde Umstände bekommen – dem war ich nicht gewachsen.

Ich kam völlig erschöpft in meine Zelle zurück. Die ganze Nacht aber ging ich im Traum eine unendliche Reihe blauer Uniformen entlang, die alle wie Bismarck aussahen – die ganze Nacht bot ich diesen Millionen blaßblauer Bismarcks mit tiefem Bückling ein «Gesegnetes Fest, Herr Wachtmeister!»

Am nächsten Tag wußte ich es so einzurichten, daß die Reihe an mir vorbeiging und ich einen anderen Vordermann bekam. Ich verlor meinen Pantoffel, fischte ihn ganz umständlich und humpelte in den Lattenzaun zurück. Gott sei Dank! Vor mir ging die Sonne auf. Vielmehr – sie verdunkelte sich. Mein neuer Vordermann war so unverschämt lang, daß meine 1,80 m glatt in seinem Schatten verschwanden. Es gab also doch eine Vorsehung – man mußte ihr nur mit dem Pantoffel nachhelfen. Seine unmenschlich langen Gliedmaßen ruderten sinnlos durcheinander, und das Originelle war, er kam dabei sogar vorwärts, obgleich er sicher keinerlei Übersicht über Beine und Arme hatte. Ich liebte ihn beinahe – ja, ich betete, er möchte nicht plötzlich tot umsinken wie die Perücke oder verrückt werden und anfangen, feige Verbeugungen zu machen. Ich betete für sein langes Leben und seine geistige Gesundheit. Ich fühlte mich in seinem Schatten so geborgen, daß meine Blicke länger als sonst die kleine Hundeblume umfingen, ohne daß ich Angst zu haben brauchte, mich zu verraten. Ich verzieh diesem himmlischen Vordermann sogar sein abscheulich näselndes Organ, oh, ich verkniff mir großzügig, ihm allerlei Spitznamen wie Oboe, Krake oder Gottesanbeterin zu verleihen. Ich sah nur noch meine Blume – und ließ meinen Vordermann so lang und so blöde sein, wie er es wollte!

Der Tag war wie alle anderen. Er unterschied sich nur dadurch von ihnen, daß der Häftling aus Zelle 432 zum Ende der halben Stunde einen rasenden Pulsschlag bekam und seine Augen den Ausdruck von kaschierter Harmlosigkeit und schlecht verdeckter Unsicherheit annahmen.

Wir bogen in die vorletzte Runde ein – wieder wurden die Schlüsselbunde lebendig, und der Lattenzaun döste durch die sparsamen Sonnenstrahlen wie hinter ewigen Gittern.

Aber was war das? Eine Latte döste ja gar nicht! Sie war hellwach und wechselte vor Aufregung alle paar Meter die Gangart. Merkte das denn kein Mensch? Nein. Und plötzlich bückte sich die Latte 432, fummelte an ihrem runtergerutschten Strumpf herum und – fuhr dazwischen blitzschnell mit der einen Hand auf eine erschrockene kleine Blume zu, riß sie ab – und schon klöppelten wieder siebenundsiebzig Latten in gewohntem Schlendrian in die letzte Runde.

Was ist so komisch: Ein blasierter, reuiger Jüngling aus dem Zeitalter der Grammophonplatten und Raumforschung steht in der Gefängniszelle 432 unter dem hochgemauerten Fenster und hält mit seinen vereinsamten Händen eine kleine gelbe Blume in den schmalen Lichtstrahl – eine ganz gewöhnliche Hundeblume. Und dann hebt dieser Mensch, der gewohnt war, Pulver, Parfüm und Benzin, Gin und Lippenstift zu riechen, die Hundeblume an seine hungrige Nase, die schon monatelang nur das Holz der Pritsche, Staub und Angstschweiß gerochen hat – und er saugt so gierig aus der kleinen gelben Scheibe ihr Wesen in sich hinein, daß er nur noch aus Nase besteht.

Da öffnet sich in ihm etwas und ergießt sich wie Licht in den engen Raum, etwas, von dem er bisher nie gewußt hat: Eine Zärtlichkeit, eine Anlehnung und Wärme ohnegleichen erfüllt ihn zu der Blume und füllt ihn ganz aus.

Er ertrug den Raum nicht mehr und schloß die Augen und staunte: Aber du riechst ja nach Erde. Nach Sonne, Meer und Honig, liebes Lebendiges! Er empfand ihre keusche Kühle wie die Stimme des Vaters, den er nie sonderlich beachtet hatte und der nun soviel Trost war mit seiner Stille – er empfand sie wie die helle Schulter einer dunklen Frau.

Er trug sie behutsam wie eine Geliebte zu seinem Wasserbecher, stellte das erschöpfte kleine Wesen da hinein, und dann brauchte er mehrere Minuten – so langsam setzte er sich, Angesicht in Angesicht mit seiner Blume.

Er war so gelöst und glücklich, daß er alles abtat und abstreifte, was ihn belastete: die Gefangenschaft, das Alleinsein, den Hunger nach Liebe, die Hilflosigkeit seiner zweiundzwanzig Jahre, die Gegenwart und die Zukunft, die Welt und das Christentum – ja, auch das!

Er war ein brauner Balinese, ein «Wilder» eines «wilden» Volkes, der das Meer und den Blitz und den Baum fürchtete und anbetete. Der Kokosnuß, Kabeljau und Kolibri verehrte, bestaunte, fraß und nicht begriff. So befreit war er, und nie war er so bereit zum Guten gewesen, als er der Blume zuflüsterte ... werden wie du ...

Die ganze Nacht umspannten seine glücklichen Hände das vertraute Blech seines Trinkbechers, und er fühlte im Schlaf, wie sie Erde auf ihn häuften, dunkle, gute Erde, und wie er sich der Erde angewöhnte und wurde wie sie – und wie aus ihm Blumen brachen: Anemonen, Akelei und Löwenzahn – winzige, unscheinbare Sonnen.

SCHISCHYPHUSCH
ODER DER KELLNER MEINES ONKELS

Dabei war mein Onkel natürlich kein Gastwirt. Aber er kannte einen Kellner. Dieser Kellner verfolgte meinen Onkel so intensiv mit seiner Treue und mit seiner Verehrung, daß wir immer sagten: Das ist sein Kellner. Oder: Ach so, sein Kellner.

Als sie sich kennenlernten, mein Onkel und der Kellner, war ich dabei. Ich war damals gerade so groß, daß ich die Nase auf den Tisch legen konnte. Das durfte ich aber nur, wenn sie sauber war. Und immer konnte sie natürlich nicht sauber sein. Meine Mutter war auch nicht viel älter. Etwas älter war sie wohl, aber wir waren beide noch so jung, daß wir uns ganz entsetzlich schämten, als der Onkel und der Kellner sich kennenlernten. Ja, meine Mutter und ich, wir waren dabei.

Mein Onkel natürlich auch, ebenso wie der Kellner, denn die beiden sollten sich ja kennenlernen und auf sie kam es an. Meine Mutter und ich waren nur als Statisten dabei und hinterher haben wir es bitter verwünscht, daß wir dabei waren, denn wir mußten uns wirklich sehr schämen, als die Bekanntschaft der beiden begann. Es kam dabei nämlich zu allerhand erschrecklichen Szenen mit Beschimpfung, Beschwerden, Gelächter und Geschrei. Und beinahe hätte es sogar eine Schlägerei gegeben. Daß mein Onkel einen Zungenfehler hatte, wäre beinahe der Anlaß zu dieser Schlägerei geworden. Aber daß er einbeinig war, hat die Schlägerei dann schließlich doch verhindert.

Wir saßen also, wir drei, mein Onkel, meine Mutter und ich, an einem sonnigen Sommertag nachmittags in einem großen prächtigen bunten Gartenlokal. Um uns herum saßen noch ungefähr zwei- bis dreihundert andere Leute, die auch alle schwitzten. Hunde saßen unter den schattigen Tischen und Bienen saßen auf den Kuchentellern. Oder kreisten um die Limonadengläser der Kinder. Es war so warm und so voll, daß die

Kellner alle ganz beleidigte Gesichter hatten, als ob das alles nur stattfände aus Schikane. Endlich kam auch einer an unseren Tisch.

Mein Onkel hatte, wie ich schon sagte, einen Zungenfehler. Nicht bedeutend, aber immerhin deutlich genug. Er konnte kein s sprechen. Auch kein z oder tz. Er brachte das einfach nicht fertig. Immer wenn in einem Wort so ein harter s-Laut auftauchte, dann machte er ein weiches feuchtwässeriges sch daraus. Und dabei schob er die Lippen weit vor, daß sein Mund entfernte Ähnlichkeit mit einem Hühnerpopo bekam.

Der Kellner stand also an unserem Tisch und wedelte mit seinem Taschentuch die Kuchenkrümel unserer Vorgänger von der Decke. (Erst viele Jahre später erfuhr ich, daß es nicht sein Taschentuch, sondern eine Art Serviette gewesen sein muß.) Er wedelte also damit und fragte kurzatmig und nervös:

«Bitte schehr? Schie wünschen?»

Mein Onkel, der keine alkoholarmen Getränke schätzte, sagte gewohnheitsmäßig:

«Alscho: Schwei Aschbach und für den jungen Schelter oder Brausche. Oder wasch haben Schie schonscht?»

Der Kellner war sehr blaß. Und dabei war es Hochsommer und er war doch Kellner in einem Gartenlokal. Aber vielleicht war er überarbeitet. Und plötzlich merkte ich, daß mein Onkel unter seiner blanken braunen Haut auch sehr blaß wurde. Nämlich als der Kellner die Bestellung der Sicherheit wegen wiederholte:

«Schehr wohl. Schwei Aschbach. Eine Brausche. Bitte schehr.»

Mein Onkel sah meine Mutter mit hochgezogenen Brauen an, als ob er etwas Dringendes von ihr wollte. Aber er wollte sich nur vergewissern, ob er noch auf dieser Welt sei. Dann sagte er mit einer Stimme, die an fernen Geschützdonner erinnerte:

«Schagen Schie mal, schind schie wahnschinnig? Schie? Schie machen schich über mein Lischpeln luschtig? Wasch?»

Der Kellner stand da und dann fing es an, an ihm zu zittern. Seine Hände zitterten. Seine Augendeckel. Seine Knie. Vor allem aber zitterte seine Stimme. Sie zitterte vor Schmerz und Wut und Fassungslosigkeit, als er sich jetzt Mühe gab, auch etwas geschützdonnerähnlich zu antworten:

«Esch ischt schamlosch von Schie, schich über mich schu amüschieren, taktlosch ischt dasch, bitte schehr.»

Nun zitterte alles an ihm. Seine Jackenzipfel. Seine pomadenverklebten Haarsträhnen. Seine Nasenflügel und seine sparsame Unterlippe.

An meinem Onkel zitterte nichts. Ich sah ihn ganz genau an: Absolut nichts. Ich bewunderte meinen Onkel. Aber als der Kellner ihn schamlos nannte, da stand mein Onkel doch wenigstens auf. Das heißt, er stand eigentlich gar nicht auf. Das wäre ihm mit seinem einen Bein viel zu umständlich und beschwerlich gewesen. Er blieb sitzen und stand dabei doch auf. Innerlich stand er auf. Und das genügte auch vollkommen. Der Kellner fühlte dieses innerliche Aufstehen meines Onkels wie einen Angriff, und er wich zwei kurze zittrige unsichere Schritte zurück. Feindselig standen sie sich gegenüber. Obgleich mein Onkel saß. Wenn er wirklich aufgestanden wäre, hätte sich sehr wahrscheinlich der Kellner hingesetzt. Mein Onkel konnte es sich auch leisten, sitzen zu bleiben, denn er war noch im Sitzen ebenso groß wie der Kellner, und ihre Köpfe waren auf gleicher Höhe.

So standen sie nun und sahen sich an. Beide mit einer zu kurzen Zunge, beide mit demselben Fehler. Aber jeder mit einem völlig anderen Schicksal.

Klein, verbittert, verarbeitet, zerfahren, fahrig, farblos, verängstigt, unterdrückt: der Kellner. Der kleine Kellner. Ein richtiger Kellner: Verdrossen, stereotyp höflich, geruchlos, ohne Gesicht, numeriert, verwaschen und trotzdem leicht schmuddelig. Ein kleiner Kellner. Zigarettenfingrig, servil, steril, glatt, gut gekämmt, blaurasiert, gelbgeärgert, mit leerer Hose hinten und dicken Taschen an der Seite, schiefen Absätzen und chronisch verschwitztem Kragen – der kleine Kellner.

Und mein Onkel? Ach, mein Onkel! Breit, braun, brummend, baßkehlig, laut, lachend, lebendig, reich, riesig, ruhig, sicher, satt, saftig – mein Onkel!

Der kleine Kellner und mein großer Onkel. Verschieden wie ein Karrengaul vom Zeppelin. Aber beide kurzzungig. Beide mit demselben Fehler. Beide mit einem feuchten wässerigen weichen sch. Aber der Kellner ausgestoßen, getreten von seinem Zungenschicksal, bockig, eingeschüchtert, enttäuscht, einsam, bissig.

Und klein, ganz klein geworden. Tausendmal am Tag verspottet, an jedem Tisch belächelt, belacht, bemitleidet, begrinst, beschrien. Tausendmal an jedem Tag im Gartenlokal an jedem Tisch einen Zentimeter in sich hineingekrochen, geduckt, geschrumpft. Tausendmal am Tag bei jeder Bestellung an jedem Tisch, bei jedem «bitte schehr» kleiner, immer kleiner geworden. Die Zunge, gigantischer unförmiger Fleischlappen, die viel zu kurze Zunge, formlose zyklopische Fleischmasse, plumper unfähiger roter Muskelklumpen, diese Zunge hatte ihn zum Pygmäen erdrückt: kleiner, kleiner Kellner!

Und mein Onkel! Mit einer zu kurzen Zunge, aber: als hätte er sie nicht. Mein Onkel, selbst am lautesten lachend, wenn über ihn gelacht wurde. Mein Onkel, einbeinig, kolossal, slickzungig. Aber Apoll in jedem Zentimeter Körper und jedem Seelenatom. Autofahrer, Frauenfahrer, Herrenfahrer, Rennfahrer. Mein Onkel, Säufer, Sänger, Gewaltmensch, Witzereißer, Zotenflüsterer, Verführer, kurzzungiger sprühender sprudelnder spuckender Anbeter von Frauen und Kognak. Mein Onkel, saufender Sieger, prothesenknarrend, breitgrinsend, mit viel zu kurzer Zunge, aber: als hätte er sie nicht!

So standen sie sich gegenüber. Mordbereit, todwund der eine, lachfertig, randvoll mit Gelächtereruptionen der andere. Ringsherum sechs- bis siebenhundert Augen und Ohren, Spazierläufer, Kaffeetrinker, Kuchenschleckerer, die den Auftritt mehr genossen als Bier und Brause und Bienenstich. Ach, und mittendrin meine Mutter und ich. Rotköpfig, schamhaft, tief in die Wäsche verkrochen. Und unsere Leiden waren erst am Anfang.

«Schuchen Schie schofort den Wirt, Schie aggreschiver Schpatz, Schie. Ich will Schie lehren, Gäschte schu inschultieren.»

Mein Onkel sprach jetzt absichtlich so laut, daß den sechs- bis siebenhundert Ohren kein Wort entging. Der Asbach regte ihn in angenehmer Weise an. Er grinste vor Wonne über sein großes gutmütiges breites braunes Gesicht. Helle salzige Perlen kamen aus der Stirn und trudelten abwärts über die massiven Backenknochen. Aber der Kellner hielt alles an ihm für Bosheit, für Gemeinheit, für Beleidigung und Provokation. Er stand mit faltigen hohlen leise wehenden Wangen da und rührte sich nicht von der Stelle.

«Haben Schie Schand in den Gehörgängen? Schuchen Schie den Beschitscher, Schie beschoffener Schpaschvogel. Losch, oder haben Schie die Hosche voll, Schie mischgeschtalteter Schwerg?»

Da faßte der kleine Pygmäe, der kleine slickzungige Kellner, sich ein großmütiges, gewaltiges, für uns alle und für ihn selbst überraschendes Herz. Er trat ganz nah an unsern Tisch, wedelte mit seinem Taschentuch über unsere Teller und knickte zu einer korrekten Kellnerverbeugung zusammen. Mit einer kleinen männlichen und entschlossen leisen Stimme, mit überwältigender zitternder Höflichkeit sagte er: «Bitte schehr!» und setzte sich klein, kühn und kaltblütig auf den vierten freien Stuhl an unserem Tisch. Kaltblütig natürlich nur markiert. Denn in seinem tapferen kleinen Kellnerherzen flackerte die empörte Flamme der verachteten gescheuchten mißgestalteten Kreatur. Er hatte auch nicht den Mut, meinen Onkel anzusehen. Er setzte sich nur so klein und sachlich hin, und ich glaube, daß höchstens ein Achtel seines Gesäßes den Stuhl berührte. (Wenn er überhaupt mehr als ein Achtel besaß – vor lauter Bescheidenheit.) Er saß, sah vor sich hin auf die kaffeeübertropfte grauweiße Decke, zog seine dicke Brieftasche hervor und legte sie immerhin einigermaßen männlich auf den Tisch. Eine halbe Sekunde riskierte er einen kurzen Aufblick, ob er wohl zu weit gegangen sei mit dem Aufbumsen der Tasche, dann, als er sah, daß der Berg, mein Onkel nämlich, in seiner Trägheit verharrte, öffnete er die Tasche und nahm ein Stück pappartiges zusammengeknifftes Papier heraus, dessen Falten das typische Gelb eines oftbenutzten Stück Papiers aufwiesen. Er klappte es wichtig auseinander, verkniff sich jeden Ausdruck von Beleidigtsein oder Rechthaberei und legte sachlich seinen kurzen abgenutzten Finger auf eine bestimmte Stelle des Stück Papiers. Dazu sagte er leise, eine Spur heiser und mit großen Atempausen:

«Bitte schehr. Wenn Schie schehen wollen. Schtellen Schie höflichscht schelbscht fescht. Mein Pasch. In Parisch geweschen. Barschelona. Oschnabrück, bitte schehr. Allesch ausch meinem Pasch schu erschehen. Und hier: Beschondere Kennscheichen: Narbe am linken Knie. (Vom Fußballspiel.) Und hier, und hier? Wasch ischt hier? Hier, bitte schehr: Schprachfehler scheit Geburt. Bitte schehr. Wie Schie schelbscht schehen!»

Das Leben war zu rabenmütterlich mit ihm umgegangen, als daß er jetzt den Mut gehabt hätte, seinen Triumph auszukosten und meinen Onkel herausfordernd anzusehen. Nein, er sah still und klein vor sich auf seinen vorgestreckten Finger und den bewiesenen Geburtsfehler und wartete geduldig auf den Baß meines Onkels.

Es dauerte nicht lange, bis der kam. Und als er dann kam, war es so unerwartet, was er sagte, daß ich vor Schreck einen Schluckauf bekam. Mein Onkel ergriff plötzlich mit seinen klobigen viereckigen Tatmenschenhänden die kleinen flatterigen Pfoten des Kellners und sagte mit der vitalen wütend-kräftigen Gutmütigkeit und der tierhaft warmen Weichheit, die als primärer Wesenszug aller Riesen gilt: «Armesch kleinesch Luder! Schind schie schon scheit deiner Geburt hinter dir her und hetschen?»

Der Kellner schluckte. Dann nickte er. Nickte sechs-, siebenmal. Erlöst. Befriedigt. Stolz. Geborgen. Sprechen konnte er nicht. Er begriff nichts. Verstand und Sprache waren erstickt von zwei dicken Tränen. Sehen konnte er auch nicht, denn die zwei dicken Tränen schoben sich vor seine Pupillen wie zwei undurchsichtige allesversöhnende Vorhänge. Er begriff nichts. Aber sein Herz empfing diese Welle des Mitgefühls wie eine Wüste, die tausend Jahre auf einen Ozean gewartet hatte. Bis an sein Lebensende hätte er sich so überschwemmen lassen können! Bis an seinen Tod hätte er seine kleinen Hände in den Pranken meines Onkels verstecken mögen! Bis in die Ewigkeit hätte er das hören können, dieses: Armesch, kleinesch Luder!

Aber meinem Onkel dauerte das alles schon zu lange. Er war Autofahrer. Auch wenn er im Lokal saß. Er ließ seine Stimme wie eine Artilleriesalve über das Gartenlokal hinwegdröhnen und donnerte irgendeinen erschrockenen Kellner an:

«Schie, Herr Ober! Acht Aschbach! Aber losch, schag ich Ihnen! Wasch? Nicht Ihr Revier? Bringen Schie schofort acht Aschbach oder tun Schie dasch nicht, wasch?»

Der fremde Kellner sah eingeschüchtert und verblüfft auf meinen Onkel. Dann auf seinen Kollegen. Er hätte ihm gern von den Augen abgesehen (durch ein Zwinkern oder so), was das alles zu bedeuten hätte. Aber der kleine Kellner konnte seinen Kollegen kaum erkennen, so weit weg war er von allem, was Kellner, Kuchenteller, Kaffeetasse und Kollege hieß, weit weit weg davon.

Dann standen acht Asbach auf dem Tisch. Vier Gläser davon mußte der fremde Kellner gleich wieder mitnehmen, sie waren leer, ehe er einmal geatmet hatte. «Laschen Schie dasch da nochmal vollaufen!» befahl mein Onkel und wühlte in den Innentaschen seiner Jacke. Dann pfiff er eine Parabel durch die Luft und legte nun seinerseits seine dicke Brieftasche neben die seines neuen Freundes. Er fummelte endlich eine zerknickte Karte heraus und legte seinen Mittelfinger, der die Maße eines Kinderarms hatte, auf einen bestimmten Teil der Karte.

«Schiehscht du, dummesch Häschchen, hier schtehtsch: Beinamputiert und Unterkieferschusch. Kriegschverletschung.» Und während er das sagte, zeigte er mit der anderen Hand auf eine Narbe, die sich unterm Kinn versteckt hielt.

«Die Öösch haben mir einfach ein Schtück von der Schungenschpitsche abgeschoschen. In Frankreich damalsch.»

Der Kellner nickte.

«Noch bösche?» fragte mein Onkel.

Der Kellner schüttelte schnell den Kopf hin und her, als wollte er etwas ganz Unmögliches abwehren.

«Ich dachte nur schuerscht, Schie wollten mich utschen.»

Erschüttert über seinen Irrtum in der Menschenkenntnis wackelte er mit dem Kopf immer wieder von links nach rechts und wieder zurück.

Und nun schien es mit einmal, als ob er alle Tragik seines Schicksals damit abgeschüttelt hätte. Die beiden Tränen, die sich nun in den Hohlheiten seines Gesichtes verliefen, nahmen alle Qual seines bisherigen verspotteten Daseins mit. Sein neuer Lebensabschnitt, den er an der Riesentatze meines Onkels betrat, begann mit einem kleinen aufstoßenden Lacher, einem Gelächterchen, zage, scheu, aber von einem unverkennbaren Asbachgestank begleitet.

Und mein Onkel, dieser Onkel, der sich auf einem Bein, mit zerschossener Zunge und einem bärigen baßstimmigen Humor durch das Leben lachte, dieser mein Onkel war nun so unglaublich selig, daß er endlich endlich lachen konnte. Er war schon bronzefarben angelaufen, daß ich fürchtete, er müsse jede Minute platzen. Und sein Lachen lachte los, unbändig, explodierte, polterte, juchte, gongte, gurgelte – lachte los, als ob er ein Riesensaurier wäre, dem diese Urweltlaute entrülpsten. Das erste kleine neu probierte Menschlachen des Kellners, des neuen kleinen Kellnermenschen, war dagegen wie das schüttere Gehüstel eines erkälteten Ziegenbabys. Ich griff angstvoll nach der Hand meiner Mutter. Nicht daß ich Angst vor meinem Onkel gehabt hätte, aber ich hatte doch eine tiefe tierische Angstwitterung vor den acht Asbachs, die in meinem Onkel brodelten. Die Hand meiner Mutter war eiskalt. Alles Blut hatte ihren Körper verlassen, um den Kopf zu einem grellen plakatenen Symbol der Schamhaftigkeit und des bürgerlichen Anstandes zu machen. Keine Vierländer Tomate konnte ein röteres Rot ausstrahlen. Meine Mutter leuchtete. Klatschmohn war blaß gegen sie. Ich rutschte tief von meinem Stuhl unter den Tisch. Siebenhundert Augen waren rund und riesig um uns herum. Oh, wie wir uns schämten, meine Mutter und ich.

Der kleine Kellner, der unter dem heißen Alkoholatem meines Onkels ein neuer Mensch geworden war, schien den ersten Teil seines neuen Lebens gleich mit einer ganzen Ziegenmeckerlachepoche beginnen zu wollen. Er mähte, bähte, gnuckte und gnickerte wie eine ganze Lämmerherde auf einmal. Und als die beiden Männer nun noch vier zusätzliche Asbachs über ihre kurzen Zungen schütteten, wurden aus den Lämmern, aus den rosigen dünnstimmigen zarten schüchternen kleinen Kellnerlämmern, ganz gewaltige hölzern meckernde steinalte weißbärtige blechscheppernde blödblökende Böcke.

Diese Verwandlung vom kleinen giftigen tauben verkniffenen Bitterling zum andauernd, fortdauernd meckernden schenkelschlagenden geckernden blechern blökenden Ziegenbockmenschen war selbst meinem Onkel etwas ungewöhnlich. Sein Lachen vergluckerte langsam wie ein absaufender Felsen. Er wischte sich mit dem Ärmel die Tränen aus dem braunen breiten Gesicht und glotzte mit asbachblanken sturerstaunten Augen auf den unter Lachstößen bebenden weißbejackten Kellnerzwerg. Um uns herum feixten siebenhundert Gesichter. Siebenhundert Augen glaubten, daß sie nicht richtig sahen. Siebenhundert Zwerchfelle schmerzten. Die, die am weitesten ab saßen, standen erregt auf, um sich ja nichts entgehen zu lassen. Es war, als ob der Kellner sich vorgenommen hatte, fortan als ein riesenhafter boshaft bähender Bock sein Leben fortzusetzen. Neuerdings, nachdem er wie aufgezogen einige Minuten in seinem eigenen Gelächter untergegangen war, neuerdings bemühte er sich erfolgreich, zwischen den Lachsalven, die wie ein blechernes Maschinengewehrfeuer aus seinem runden Mund perlten, kurze schrille Schreie auszustoßen. Es gelang ihm, so viel Luft zwischen dem Gelächter einzusparen, daß er nun diese Schreie in die Luft wiehern konnte.

«Schischyphusch!» schrie er und patschte sich gegen die nasse Stirn. «Schischyphusch! Schiiischyyyphuuusch!» Er hielt sich mit beiden Händen an der Tischplatte fest und wieherte: «Schischyphusch!» Als er fast zwei Dutzend mal gewiehert hatte, dieses «Schischyphusch» aus voller Kehle gewiehert hatte, wurde meinem Onkel das Schischyphuschen zuviel. Er zerknitterte dem unaufhörlich wiehernden Kellner mit einem einzigen Griff das gestärkte Hemd, schlug mit der anderen Faust auf den Tisch, daß zwölf leere Gläser an zu springen fingen, und donnerte ihn an: «Schlusch! Schlusch, schag ich jetsch. Wasch scholl dasch mit diesem blödschinnigen schaudummen Schischyphusch? Schlusch jetsch, verschtehscht du!»

Der Griff und der gedonnerte Baß meines Onkels machten aus dem schischyphuschschreienden Ziegenbock im selben Augenblick wieder den kleinen lispelnden armseligen Kellner.

Er stand auf. Er stand auf, als ob es der größte Irrtum seines Lebens gewesen wäre, daß er sich hingesetzt hatte. Er fuhr sich mit dem Serviettentuch durch das Gesicht und räumte Lachtränen, Schweißtropfen, Asbach und Gelächter wie etwas hinweg, das fluchwürdig und frevelhaft war. Er war aber so betrunken, daß er alles für einen Traum hielt, die Pöbelei am Anfang, das Mitleid und die Freundschaft meines Onkels. Er wußte nicht: Hab ich nun eben Schischyphusch geschrien? Oder nicht? Hab ich schechsch Aschbach gekippt, ich, der Kellner dieschesch Lokalsch, mitten unter den Gäschten? Ich? Er war unsicher. Und für alle Fälle machte er eine abgehackte kleine Verbeugung und flüsterte: «Verscheihung!» Und dann verbeugte er sich noch einmal: «Verscheihung. Ja, verscheihen Schie dasch Schischyphuschgeschrei. Bitte schehr. Verscheihen der Herr, wenn ich schu laut war, aber der Aschbach, Schie wischen ja schelbscht, wenn man nichtsch gegeschen hat, auf leeren Magen. Bitte schehr darum. Schischyphusch war nämlich mein Schpitschname. Ja, in der Schule schon. Die gansche Klasche nannte mich scho. Schie wischen wohl, Schischyphusch, dasch war der Mann in der Hölle, diesche alte Schage, wischen Schie, der Mann im Hadesch, der arme Schünder, der einen groschen Felschen auf einen rieschigen Berg raufschieben schollte, eh, muschte, ja, dasch war der Schischyphusch, wischen Schie wohl. In der Schule muschte ich dasch immer schagen, immer diesch Schischyphusch. Und allesch hat dann gepuschtet vor Lachen, können Schie schich denken, werter Herr. Allesch hat dann gelacht, wischen Schie, schintemalen ich doch die schu kursche Schungenschpitze beschische. Scho kam esch, dasch ich schpäter überall Schischyphusch geheischen wurde und gehänschelt wurde, schehen Schie. Und dasch, verscheihen, kam mir beim Aschbach nun scho insch Gedächtnisch, alsch ich scho geschrien habe, verschtehen. Verscheihen Schie, ich bitte schehr, verscheihen Schie, wenn ich Schie beläschtigt haben schollte, bitte schehr.»

Er verstummte. Seine Serviette war indessen unzählige Male von einer Hand in die andere gewandert. Dann sah er auf meinen Onkel.

Jetzt war der es, der still am Tisch saß und vor sich auf die Tischdecke sah. Er wagte nicht, den Kellner anzusehen. Mein Onkel, mein bärischer bulliger riesiger Onkel wagte nicht, aufzusehen und den Blick dieses kleinen verlegenen Kellners zu erwidern. Und die beiden dicken Tränen, die saßen nun in seinen Augen. Aber das sah keiner außer mir. Und ich sah es auch nur, weil ich so klein war, daß ich ihm von unten her ins Gesicht sehen konnte. Er schob dem still abwartenden Kellner einen mächtigen Geldschein hin, winkte ungeduldig ab, als der ihm zurückgeben wollte, und stand auf, ohne jemanden anzusehen.

Der Kellner brachte noch zaghaft einen Satz an: «Die Aschbach wollte ich wohl gern beschahlt haben, bitte schehr.»

Dabei hatte er den Schein schon in seine Tasche gesteckt, als erwarte er keine Antwort und keinen Einspruch. Es hatte auch keiner den Satz gehört und seine Großzügigkeit fiel lautlos auf den harten Kies des Gartenlokals und wurde da später gleichgültig zertreten. Mein Onkel nahm seinen Stock, wir standen auf, meine Mutter stützte meinen Onkel und wir gingen langsam auf die Straße zu. Keiner von uns dreien sah auf den Kellner. Meine Mutter und ich nicht, weil wir uns schämten. Mein Onkel nicht, weil er die beiden Tränen in den Augen sitzen hatte. Vielleicht schämte er sich auch, dieser Onkel. Langsam kamen wir auf den Ausgang zu, der Stock meines Onkels knirschte häßlich auf dem Gartenkies und das war das einzige Geräusch im Augenblick, denn die drei- bis vierhundert Gesichter an den Tischen waren stumm und glotzäugig auf unseren Abgang konzentriert.

Und plötzlich tat mir der kleine Kellner leid. Als wir am Ausgang des Gartens um die Ecke biegen wollten, sah ich mich schnell noch einmal nach ihm um. Er stand noch immer an unserem Tisch. Sein weißes Serviettentuch hing bis auf die Erde. Er schien mir noch viel viel kleiner geworden zu sein. So klein stand er da und ich liebte ihn plötzlich, als ich ihn so verlassen hinter uns herblicken sah, so klein, so grau, so leer, so hoffnungslos, so warm, so kalt und so grenzenlos allein! Ach, wie klein! Er tat mir so unendlich leid, daß ich meinen Onkel an die Hand tippte, aufgeregt, und leise sagte: «Ich glaube, jetzt weint er.»

Mein Onkel blieb stehen. Er sah mich an und ich konnte die beiden dicken Tropfen in seinen Augen ganz deutlich erkennen. Noch einmal sagte ich, ohne genau zu verstehen, warum ich es eigentlich tat: «Oh, er weint. Kuck mal, er weint.»

Da ließ mein Onkel den Arm meiner Mutter los, humpelte schnell und schwer zwei Schritte zurück, riß seinen Krückstock wie ein Schwert hoch und stach damit in den Himmel und brüllte mit der ganzen großartigen Kraft seines gewaltigen Körpers und seiner Kehle:

«Schischyphusch! Schischyphusch! Hörscht du? Auf Wiederschehen, alter Schischyphusch! Bisch nächschten Schonntag, dummesch Luder! Wiederschehen!»

Die beiden dicken Tränen wurden von den Falten, die sich jetzt über sein gutes braunes Gesicht zogen, zu nichts zerdrückt. Es waren Lachfalten und er hatte das ganze Gesicht voll davon. Noch einmal fegte er mit seinem Krückstock über den Himmel, als wollte er die Sonne herunterraken, und noch einmal donnerte er sein Riesenlachen über die Tische des Gartenlokals hin: «Schischyphusch! Schischyphusch!»

Und Schischyphusch, der kleine graue arme Kellner, wachte aus seinem Tod auf, hob seine Serviette und fuhr damit auf und ab wie ein wildgewordener Fensterputzer. Er wischte die ganze graue Welt, alle Gartenlokale der Welt, alle Kellner und alle Zungenfehler der Welt mit seinem Winken endgültig und für immer weg aus seinem Leben. Und er schrie schrill und überglücklich zurück, wobei er sich auf die Zehen stellte, und ohne sein Fensterputzen zu unterbrechen:

«Ich verschtehe! Bitte schehr! Am Schonntag! Ja, Wiederschehen! Am Schonntag, bitte schehr!»

Dann bogen wir um die Ecke. Mein Onkel griff wieder nach dem Arm meiner Mutter und sagte leise: «Ich weisch, esch war schicher entschetschlich für euch. Aber wasch schollte ich andersch tun, schag schelbscht. Scho'n dummer Hasche. Läuft nun schein gansches Leben mit scho einem garschtigen Schungenfehler herum. Armesch Luder dasch!»

DIE KÜCHENUHR

Sie sahen ihn schon von weitem auf sich zukommen, denn er fiel auf. Er hatte ein ganz altes Gesicht, aber wie er ging, daran sah man, daß er erst zwanzig war. Er setzte sich mit seinem alten Gesicht zu ihnen auf die Bank. Und dann zeigte er ihnen, was er in der Hand trug.

Das war unsere Küchenuhr, sagte er und sah sie alle der Reihe nach an, die auf der Bank in der Sonne saßen. Ja, ich habe sie noch gefunden. Sie ist übriggeblieben.

Er hielt eine runde tellerweiße Küchenuhr vor sich hin und tupfte mit dem Finger die blaugemalten Zahlen ab.

Sie hat weiter keinen Wert, meinte er entschuldigend, das weiß ich auch. Und sie ist auch nicht so besonders schön. Sie ist nur wie ein Teller, so mit weißem Lack. Aber die blauen Zahlen sehen doch ganz hübsch aus, finde ich. Die Zeiger sind natürlich nur aus Blech. Und nun gehen sie auch nicht mehr. Nein. Innerlich ist sie kaputt, das steht fest. Aber sie sieht noch aus wie immer. Auch wenn sie jetzt nicht mehr geht.

Er machte mit der Fingerspitze einen vorsichtigen Kreis auf dem Rand der Telleruhr entlang. Und er sagte leise: Und sie ist übriggeblieben.

Die auf der Bank in der Sonne saßen, sahen ihn nicht an. Einer sah auf seine Schuhe, und die Frau sah in ihren Kinderwagen. Dann sagte jemand:

Sie haben wohl alles verloren?

Ja, ja, sagte er freudig, denken Sie, aber auch alles! Nur sie hier, sie ist übrig. Und er hob die Uhr wieder hoch, als ob die anderen sie noch nicht kannten.

Aber sie geht doch nicht mehr, sagte die Frau.

Nein, nein, das nicht. Kaputt ist sie, das weiß ich wohl. Aber sonst ist sie doch noch ganz wie immer: weiß und blau. Und wieder zeigte er ihnen seine Uhr. Und was das schönste ist, fuhr er aufgeregt fort, das habe ich Ihnen ja noch überhaupt nicht erzählt. Das Schönste kommt nämlich noch: Denken Sie mal, sie ist um halb drei stehengeblieben. Ausgerechnet um halb drei, denken Sie mal.

Dann wurde Ihr Haus sicher um halb drei getroffen, sagte der Mann und schob wichtig die Unterlippe vor. Das habe ich schon oft gehört. Wenn die Bombe runtergeht, bleiben die Uhren stehen. Das kommt von dem Druck.

Er sah seine Uhr an und schüttelte überlegen den Kopf. Nein, lieber Herr, nein, da irren Sie sich. Das hat mit den Bomben nichts zu tun. Sie müssen nicht immer von den Bomben reden. Nein. Um halb drei war ganz etwas anderes, das wissen Sie nur nicht. Das ist nämlich der Witz, daß sie gerade um halb drei stehengeblieben ist. Und nicht um viertel nach vier oder um sieben. Um halb drei kam ich nämlich immer nach Hause. Nachts, meine ich. Fast immer um halb drei. Das ist ja gerade der Witz.

Er sah die anderen an, aber die hatten ihre Augen von ihm weggenommen. Er fand sie nicht. Da nickte er seiner Uhr zu: Dann hatte ich natürlich Hunger, nicht wahr? Und ich ging immer gleich in die Küche. Da war es dann fast immer halb drei. Und dann, dann kam nämlich meine Mutter. Ich konnte noch so leise die Tür aufmachen, sie hat mich immer gehört. Und wenn ich in der dunklen Küche etwas zu essen suchte, ging plötzlich das Licht an. Dann stand sie da in ihrer Wolljacke und mit einem roten Schal um. Und barfuß. Immer barfuß. Und dabei war unsere Küche gekachelt. Und sie machte ihre Augen ganz klein, weil ihr das Licht so hell war. Denn sie hatte ja schon geschlafen. Es war ja Nacht.

So spät wieder, sagte sie dann. Mehr sagte sie nie. Nur: So spät wieder. Und dann machte sie mir das Abendbrot warm und sah zu, wie ich aß. Dabei scheuerte sie immer die Füße aneinander, weil die Kacheln so kalt waren. Schuhe zog sie nachts nie an. Und sie saß so lange bei mir, bis ich satt war. Und dann hörte ich sie noch die Teller wegsetzen, wenn ich in meinem Zimmer schon das Licht ausgemacht hatte. Jede Nacht war es so. Und meistens immer um halb drei. Das war ganz selbstverständlich, fand ich, daß sie mir nachts um halb drei in der Küche das Essen machte. Ich fand das ganz selbstverständlich. Sie tat das ja immer. Und sie hat nie mehr gesagt als: So spät wieder. Aber das sagte sie jedesmal. Und ich dachte, das könnte nie aufhören. Es war mir so selbstverständlich. Das alles. Es war doch immer so gewesen.

Einen Atemzug lang war es ganz still auf der Bank. Dann sagte er leise: Und jetzt? Er sah die anderen an. Aber er fand sie nicht. Da sagte er der Uhr leise ins weißblaue runde Gesicht: Jetzt, jetzt weiß ich, daß es das Paradies war. Das richtige Paradies.

Auf der Bank war es ganz still. Dann fragte die Frau: Und Ihre Familie?

Er lächelte sie verlegen an: Ach, Sie meinen meine Eltern? Ja, die sind auch mit weg. Alles ist weg. Alles, stellen Sie sich vor. Alles weg.

Er lächelte verlegen von einem zum anderen. Aber sie sahen ihn nicht an.

Da hob er wieder die Uhr hoch, und er lachte. Er lachte: Nur sie hier.

Sie ist übrig. Und das schönste ist ja, daß sie ausgerechnet um halb drei stehengeblieben ist. Ausgerechnet um halb drei.

Dann sagte er nichts mehr. Aber er hatte ein ganz altes Gesicht. Und der Mann, der neben ihm saß, sah auf seine Schuhe. Aber er sah seine Schuhe nicht. Er dachte immerzu an das Wort Paradies.

DAS BROT

Plötzlich wachte sie auf. Es war halb drei. Sie überlegte, warum sie aufgewacht war. Ach so! In der Küche hatte jemand gegen einen Stuhl gestoßen. Sie horchte nach der Küche. Es war still. Es war zu still, und als sie mit der Hand über das Bett neben sich fuhr, fand sie es leer. Das war es, was es so besonders still gemacht hatte: sein Atem fehlte. Sie stand auf und tappte durch die dunkle Wohnung zur Küche. In der Küche trafen sie sich. Die Uhr war halb drei. Sie sah etwas Weißes am Küchenschrank stehen. Sie machte Licht. Sie standen sich im Hemd gegenüber. Nachts. Um halb drei. In der Küche.

Auf dem Küchentisch stand der Brotteller. Sie sah, daß er sich Brot abgeschnitten hatte. Das Messer lag noch neben dem Teller. Und auf der Decke lagen Brotkrümel. Wenn sie abends zu Bett gingen, machte sie immer das Tischtuch sauber. Jeden Abend. Aber nun lagen Krümel auf dem Tuch. Und das Messer lag da. Sie fühlte, wie die Kälte der Fliesen langsam an ihr hoch kroch. Und sie sah von dem Teller weg.

«Ich dachte, hier wäre was», sagte er und sah in der Küche umher.

«Ich habe auch was gehört», antwortete sie, und dabei fand sie, daß er nachts im Hemd doch schon recht alt aussah. So alt wie er war. Dreiundsechzig. Tagsüber sah er manchmal jünger aus. Sie sieht doch schon alt aus, dachte er, im Hemd sieht sie doch ziemlich alt aus. Aber das liegt vielleicht an den Haaren. Bei den Frauen liegt das nachts immer an den Haaren. Die machen dann auf einmal so alt.

«Du hättest Schuhe anziehen sollen. So barfuß auf den kalten Fliesen. Du erkältest dich noch.»

Sie sah ihn nicht an, weil sie nicht ertragen konnte, daß er log. Daß er log, nachdem sie neununddreißig Jahre verheiratet waren.

«Ich dachte, hier wäre was», sagte er noch einmal und sah wieder so sinnlos von einer Ecke in die andere, «ich hörte hier was. Da dachte ich, hier wäre was.»

«Ich hab auch was gehört. Aber es war wohl nichts.» Sie stellte den Teller vom Tisch und schnippte die Krümel von der Decke.

«Nein, es war wohl nichts», echote er unsicher.

Sie kam ihm zu Hilfe: «Komm man. Das war wohl draußen. Komm man zu Bett. Du erkältest dich noch. Auf den kalten Fliesen.»

Er sah zum Fenster hin. «Ja, das muß wohl draußen gewesen sein. Ich dachte, es wäre hier.»

Sie hob die Hand zum Lichtschalter. Ich muß das Licht jetzt ausmachen, sonst muß ich nach dem Teller sehen, dachte sie. Ich darf doch nicht nach dem Teller sehen. «Komm man», sagte sie und machte das Licht aus, «das war wohl draußen. Die Dachrinne schlägt immer bei Wind gegen die Wand. Es war sicher die Dachrinne. Bei Wind klappert sie immer.»

Sie tappten sich beide über den dunklen Korridor zum Schlafzimmer. Ihre nackten Füße platschten auf den Fußboden.

«Wind ist ja», meinte er. «Wind war schon die ganze Nacht.»

Als sie im Bett lagen, sagte sie: «Ja, Wind war schon die ganze Nacht. Es war wohl die Dachrinne.»

«Ja, ich dachte, es wäre in der Küche. Es war wohl die Dachrinne.» Er sagte das, als ob er schon halb im Schlaf wäre.

Aber sie merkte, wie unecht seine Stimme klang, wenn er log. «Es ist kalt», sagte sie und gähnte leise, «ich krieche unter die Decke. Gute Nacht.»

«Nacht», antwortete er und noch: «ja, kalt ist es schon ganz schön.»

Dann war es still. Nach vielen Minuten hörte sie, daß er leise und vorsichtig kaute. Sie atmete absichtlich tief und gleichmäßig, damit er nicht merken sollte, daß sie noch wach war. Aber sein Kauen war so regelmäßig, daß sie davon langsam einschlief.

Als er am nächsten Abend nach Hause kam, schob sie ihm vier Scheiben Brot hin. Sonst hatte er immer nur drei essen können.

«Du kannst ruhig vier essen», sagte sie und ging von der Lampe weg. «Ich kann dieses Brot nicht so recht vertragen. Iß du man eine mehr. Ich vertrage es nicht so gut.»

Sie sah, wie er sich tief über den Teller beugte. Er sah nicht auf. In diesem Augenblick tat er ihr leid.

«Du kannst doch nicht nur zwei Scheiben essen», sagte er auf seinen Teller.

«Doch. Abends vertrag ich das Brot nicht gut. Iß man. Iß man.»

Erst nach einer Weile setzte sie sich unter die Lampe an den Tisch.

DIE DREI DUNKLEN KÖNIGE

Er tappte durch die dunkle Vorstadt. Die Häuser standen abgebrochen gegen den Himmel. Der Mond fehlte, und das Pflaster war erschrocken über den späten Schritt. Dann fand er eine alte Planke. Da trat er mit dem Fuß gegen, bis eine Latte morsch aufseufzte und losbrach. Das Holz roch mürbe und süß. Durch die dunkle Vorstadt tappte er zurück. Sterne waren nicht da.

Als er die Tür aufmachte (sie weinte dabei, die Tür), sahen ihm die blaßblauen Augen seiner Frau entgegen. Sie kamen aus einem müden Gesicht. Ihr Atem hing weiß im Zimmer, so kalt war es. Er beugte sein knochiges Knie und brach das Holz. Das Holz seufzte. Dann roch es mürbe und süß ringsum. Er hielt sich ein Stück davon unter die Nase. Riecht beinahe wie Kuchen, lachte er leise. Nicht, sagten die Augen der Frau, nicht lachen. Er schläft.

Der Mann legte das süße mürbe Holz in den kleinen Blechofen. Da glomm es auf und warf eine Handvoll warmes Licht durch das Zimmer. Die fiel hell auf ein winziges rundes Gesicht und blieb einen Augenblick. Das Gesicht war erst eine Stunde alt, aber es hatte schon alles, was dazugehört: Ohren, Nase, Mund und Augen. Die Augen mußten groß sein, das konnte man sehen, obgleich sie zu waren. Aber der Mund war offen, und es pustete leise daraus. Nase und Ohren waren rot. Er lebt, dachte die Mutter. Und das kleine Gesicht schlief.

Da sind noch Haferflocken, sagte der Mann. Ja, antwortete die Frau, das ist gut. Es ist kalt. Der Mann nahm noch von dem süßen weichen Holz. Nun hat sie ihr Kind gekriegt und muß frieren, dachte er. Aber er hatte keinen, dem er dafür die Fäuste ins Gesicht schlagen konnte. Als er die Ofentür aufmachte, fiel wieder eine Handvoll Licht über das schlafende Gesicht. Die Frau sagte leise: Kuck, wie ein Heiligenschein, siehst du? Heiligenschein! dachte er, und er hatte keinen, dem er die Fäuste ins Gesicht schlagen konnte.

Dann waren welche an der Tür. Wir sahen das Licht, sagten sie, vom Fenster. Wir wollen uns zehn Minuten hinsetzen. Aber wir haben ein Kind, sagte der Mann zu ihnen. Da sagten sie nichts weiter, aber sie kamen doch ins Zimmer, stießen Nebel aus den Nasen und hoben die Füße hoch. Wir sind ganz leise, flüsterten sie und hoben die Füße hoch. Dann fiel das Licht auf sie.

Drei waren es. In drei alten Uniformen. Einer hatte einen Pappkarton, einer einen Sack. Und der dritte hatte keine Hände. Erfroren, sagte er, und hielt die Stümpfe hoch. Dann drehte er dem Mann die Manteltasche hin. Tabak war darin und dünnes Papier. Sie drehten Zigaretten. Aber die Frau sagte: Nicht, das Kind.

Da gingen die vier vor die Tür, und ihre Zigaretten waren vier Punkte in der Nacht. Der eine hatte dicke umwickelte Füße. Er nahm ein Stück Holz aus einem Sack. Ein Esel, sagte er, ich habe sieben Monate daran geschnitzt. Für das Kind. Das sagte er und gab es dem Mann. Was ist mit den Füßen? fragte der Mann. Wasser, sagte der Eselschnitzer, vom Hunger. Und der andere, der dritte? fragte der Mann und befühlte im Dunkeln den Esel. Der dritte zitterte in seiner Uniform: Oh, nichts, wisperte er, das sind nur die Nerven. Man hat eben zuviel Angst gehabt. Dann traten sie die Zigaretten aus und gingen wieder hinein.

Sie hoben die Füße hoch und sahen auf das kleine schlafende Gesicht.

Der Zitternde nahm aus seinem Pappkarton zwei gelbe Bonbons und sagte dazu: Für die Frau sind die.

Die Frau machte die blassen blauen Augen weit auf, als sie die drei Dunklen über das Kind gebeugt sah. Sie fürchtete sich. Aber da stemmte das Kind seine Beine gegen ihre Brust und schrie so kräftig, daß die drei Dunklen die Füße aufhoben und zur Tür schlichen. Hier nickten sie nochmal, dann stiegen sie in die Nacht hinein.

Der Mann sah ihnen nach. Sonderbare Heilige, sagte er zu seiner Frau. Dann machte er die Tür zu. Schöne Heilige sind das, brummte er und sah nach den Haferflocken. Aber er hatte kein Gesicht für seine Fäuste.

Aber das Kind hat geschrien, flüsterte die Frau, ganz stark hat es geschrien. Da sind sie gegangen. Kuck mal, wie lebendig es ist, sagte sie stolz. Das Gesicht machte den Mund auf und schrie.

Weint er? fragte der Mann.

Nein, ich glaube, er lacht, antwortete die Frau.

Beinahe wie Kuchen, sagte der Mann und roch an dem Holz, wie Kuchen. Ganz süß.

Heute ist ja auch Weihnachten, sagte die Frau.

Ja, Weihnachten, brummte er, und vom Ofen her fiel eine Handvoll Licht hell auf das kleine schlafende Gesicht.

GENERATION OHNE ABSCHIED

Wir sind die Generation ohne Bindung und ohne Tiefe. Unsere Tiefe ist der Abgrund. Wir sind die Generation ohne Glück, ohne Heimat und ohne Abschied. Unsere Sonne ist schmal, unsere Liebe grausam und unsere Jugend ist ohne Jugend. Und wir sind die Generation ohne Grenze, ohne Hemmung und Behütung – ausgestoßen aus dem Laufgitter des Kindseins in eine Welt, die die uns bereitet, die uns darum verachten.

Aber sie gaben uns keinen Gott mit, der unser Herz hätte halten können, wenn die Winde dieser Welt es umwirbelten. So sind wir die Generation ohne Gott, denn wir sind die Generation ohne Bindung, ohne Vergangenheit, ohne Anerkennung.

Und die Winde der Welt, die unsere Füße und unsere Herzen zu Zigeunern auf ihren heißbrennenden und mannshoch verschneiten Straßen gemacht haben, machten uns zu einer Generation ohne Abschied.

Wir sind die Generation ohne Abschied. Wir können keinen Abschied leben, wir dürfen es nicht, denn unserm zigeunernden Herzen geschehen auf den Irrfahrten unserer Füße unendliche Abschiede. Oder soll sich unser Herz binden für eine Nacht, die doch einen Abschied zum Morgen hat? Ertrügen wir den Abschied? Und wollten wir die Abschiede leben wie ihr, die anders sind als wir und den Abschied auskosteten mit allen Sekunden, dann könnte es geschehen, daß unsere Tränen zu einer Flut ansteigen würden, der keine Dämme, und wenn sie von Urvätern gebaut wären, widerstehen.

Nie werden wir die Kraft haben, den Abschied, der neben jedem Kilometer an den Straßen steht, zu leben, wie ihr ihn gelebt habt.

Sagt uns nicht, weil unser Herz schweigt, unser Herz hätte keine Stimme, denn es spräche keine Bindung und keinen Abschied. Wollte unser Herz jeden Abschied, der uns geschieht, durchbluten, innig, trauernd, tröstend, dann könnte es geschehen, denn unsere Abschiede sind eine Legion gegen die euren, daß der Schrei unserer empfindlichen Herzen so groß wird, daß ihr nachts in euren Betten sitzt und um einen Gott für uns bittet.

Darum sind wir eine Generation ohne Abschied. Wir verleugnen den Abschied, lassen ihn morgens schlafen, wenn wir gehen, verhindern ihn, sparen ihn – sparen ihn uns und den Verabschiedeten. Wir stehlen uns davon wie Diebe, undankbar dankbar und nehmen die Liebe mit und lassen den Abschied da.

Wir sind voller Begegnungen, Begegnungen ohne Dauer und ohne Abschied, wie die Sterne. Sie nähern sich, stehen Lichtsekunden nebeneinander, entfernen sich wieder: ohne Spur, ohne Bindung, ohne Abschied.

Wir begegnen uns unter der Kathedrale von Smolensk, wir sind ein Mann und eine Frau – und dann stehlen wir uns davon.

Wir begegnen uns in der Normandie und sind wie Eltern und Kind – und dann stehlen wir uns davon.

Wir begegnen uns eine Nacht am finnischen See und sind Verliebte – und dann stehlen wir uns davon.

Wir begegnen uns auf einem Gut in Westfalen und sind Genießende und Genesende – und dann stehlen wir uns davon.

Wir begegnen uns in einem Keller der Stadt und sind Hungernde, Müde, und bekommen für nichts einen guten satten Schlaf – und dann stehlen wir uns davon.

Wir begegnen uns auf der Welt und sind Mensch mit Mensch – und dann stehlen wir uns davon, denn wir sind ohne Bindung, ohne Bleiben und ohne Abschied. Wir sind eine Generation ohne Abschied, die sich davonstiehlt wie Diebe, weil sie Angst hat vor dem Schrei ihres Herzens. Wir sind eine Generation ohne Heimkehr, denn wir haben nichts, zu dem wir heimkehren könnten, und wir haben keinen, bei dem unser Herz aufgehoben wäre – so sind wir eine Generation ohne Abschied geworden und ohne Heimkehr.

Aber wir sind eine Generation der Ankunft. Vielleicht sind wir eine Generation voller Ankunft auf einem neuen Stern, in einem neuen Leben. Voller Ankunft unter einer neuen Sonne, zu neuen Herzen. Vielleicht sind wir voller Ankunft zu einem neuen Lieben, zu einem neuen Lachen, zu einem neuen Gott.

Wir sind eine Generation ohne Abschied, aber wir wissen, daß alle Ankunft uns gehört.

DANN GIBT ES NUR EINS!

Du. Mann an der Maschine und Mann in der Werkstatt. Wenn sie dir morgen befehlen, du sollst keine Wasserrohre und keine Kochtöpfe mehr machen – sondern Stahlhelme und Maschinengewehre, dann gibt es nur eins:

Sag NEIN!

Du. Mädchen hinterm Ladentisch und Mädchen im Büro. Wenn sie dir morgen befehlen, du sollst Granaten füllen und Zielfernrohre für Scharfschützengewehre montieren, dann gibt es nur eins:

Sag NEIN!

Du. Besitzer der Fabrik. Wenn sie dir morgen befehlen, du sollst statt Puder und Kakao Schießpulver verkaufen, dann gibt es nur eins:

Sag NEIN!

Du. Forscher im Laboratorium. Wenn sie dir morgen befehlen, du sollst einen neuen Tod erfinden gegen das alte Leben, dann gibt es nur eins:

Sag NEIN!

Du. Dichter in deiner Stube. Wenn sie dir morgen befehlen, du sollst keine Liebeslieder, du sollst Haßlieder singen, dann gibt es nur eins:

Sag NEIN!

Du. Arzt am Krankenbett. Wenn sie dir morgen befehlen, du sollst die Männer kriegstauglich schreiben, dann gibt es nur eins:

Sag NEIN!

Du. Pfarrer auf der Kanzel. Wenn sie dir morgen befehlen, du sollst den Mord segnen und den Krieg heilig sprechen, dann gibt es nur eins:

Sag NEIN!

Du. Kapitän auf dem Dampfer. Wenn sie dir morgen befehlen, du sollst keinen Weizen mehr fahren – sondern Kanonen und Panzer, dann gibt es nur eins:

Sag NEIN!

Du. Pilot auf dem Flugfeld. Wenn sie dir morgen befehlen, du sollst Bomben und Phosphor über die Städte tragen, dann gibt es nur eins:

Sag NEIN!

Du. Schneider auf deinem Brett. Wenn sie dir morgen befehlen, du sollst Uniformen zuschneiden, dann gibt es nur eins:

Sag NEIN!

Du. Richter im Talar. Wenn sie dir morgen befehlen, du sollst zum Kriegsgericht gehen, dann gibt es nur eins:

Sag NEIN!

Du. Mann auf dem Bahnhof. Wenn sie dir morgen befehlen, du sollst das Signal zur Abfahrt geben für den Munitionszug und für den Truppentransporter, dann gibt es nur eins:

Sag NEIN!

Du. Mann auf dem Dorf und Mann in der Stadt. Wenn sie morgen kommen und dir den Gestellungsbefehl bringen, dann gibt es nur eins:

Sag NEIN!

Du. Mutter in der Normandie und Mutter in der Ukraine, du, Mutter in Frisko und London, du, am Hoangho und am Mississippi, du, Mutter in Neapel und Hamburg und Kairo und Oslo – Mütter in allen Erdteilen, Mütter in der Welt, wenn sie morgen befehlen, ihr sollt Kinder gebären, Krankenschwestern für Kriegslazarette und neue Soldaten für neue Schlachten, Mütter in der Welt, dann gibt es nur eins:

Sagt NEIN! Mütter, sagt NEIN!

Denn wenn ihr nicht NEIN sagt, wenn IHR nicht nein sagt, Mütter, dann: dann:

In den lärmenden dampfdunstigen Hafenstädten werden die großen Schiffe stöhnend verstummen und wie titanische Mammutkadaver wasserleichig träge gegen die toten vereinsamten Kaimauern schwanken, algen-, tang- und muschelüberwest, den früher so schimmernden dröhnenden Leib, friedhöflich fischfaulig duftend, mürbe, siech, gestorben –

die Straßenbahnen werden wie sinnlose glanzlose glasäugige Käfige blöde verbeult und abgeblättert neben den verwirrten Stahlskeletten der Drähte und Gleise liegen, hinter morschen dachdurchlöcherten Schuppen, in verlorenen kraterzerrissenen Straßen –

eine schlammgraue dickbreiige bleierne Stille wird sich heranwälzen, gefräßig, wachsend, wird anwachsen in den Schulen und Universitäten und Schauspielhäusern, auf Sport- und Kinderspielplätzen, grausig und gierig, unaufhaltsam –

der sonnige saftige Wein wird an den verfallenen Hängen verfaulen, der Reis wird in der verdorrten Erde vertrocknen, die Kartoffel wird auf den brachliegenden Äckern erfrieren und die Kühe werden ihre totsteifen Beine wie umgekippte Melkschemel in den Himmel strecken –

in den Instituten werden die genialen Erfindungen der großen Ärzte sauer werden, verrotten, pilzig verschimmeln –

in den Küchen, Kammern und Kellern, in den Kühlhäusern und Speichern werden die letzten Säcke Mehl, die letzten Gläser Erdbeeren, Kürbis und Kirschsaft verkommen – das Brot unter den umgestürzten Tischen und auf zersplitterten Tellern wird grün werden und die ausgelaufene Butter wird stinken wie Schmierseife, das Korn auf den Feldern wird neben verrosteten Pflügen hingesunken sein wie ein erschlagenes Heer und die qualmenden Ziegelschornsteine, die Essen und die Schlote der

stampfenden Fabriken werden, vom ewigen Gras zugedeckt, zerbröckeln
– zerbröckeln – zerbröckeln –

dann wird der letzte Mensch, mit zerfetzten Gedärmen und verpeste-
ter Lunge, antwortlos und einsam unter der giftig glühenden Sonne
und unter wankenden Gestirnen umherirren, einsam zwischen den un-
übersehbaren Massengräbern und den kalten Götzen der gigantischen
betonklotzigen verödeten Städte, der letzte Mensch, dürr, wahnsinnig,
lästernd, klagend – und seine furchtbare Klage: WARUM? wird ungehört
in der Steppe verrinnen, durch die geborstenen Ruinen wehen, versickern
im Schutt der Kirchen, gegen Hochbunker klatschen, in Blutlachen fallen,
ungehört, antwortlos, letzter Tierschrei des letzten Tieres Mensch –

all dieses wird eintreffen, morgen, morgen vielleicht, vielleicht heute
nacht schon, vielleicht heute nacht, wenn – – wenn – – wenn ihr nicht
NEIN sagt.

DAS IST UNSER MANIFEST

Helm ab Helm ab: – Wir haben verloren!

Die Kompanien sind auseinandergelaufen. Die Kompanien, Bataillone,
Armeen. Die großen Armeen. Nur die Heere der Toten, die stehn noch.
Stehn wie unübersehbare Wälder: dunkel, lila, voll Stimmen. Die Ka-
nonen aber liegen wie erfrorene Urtiere mit steifem Gebein. Lila vor
Stahl und überrumpelter Wut. Und die Helme, die rosten. Nehmt die
verrosteten Helme ab: Wir haben verloren.

In unsern Kochgeschirren holen magere Kinder jetzt Milch. Magere
Milch. Die Kinder sind lila vor Frost. Und die Milch ist lila vor Armut.

Wir werden nie mehr antreten auf einen Pfiff hin und Jawohl sagen auf ein Gebrüll. Die Kanonen und die Feldwebel brüllen nicht mehr.
Wir werden weinen, scheißen und singen, wann wir wollen. Aber das
Lied von den brausenden Panzern und das Lied von dem Edelweiß werden wir niemals mehr singen. Denn die Panzer und die Feldwebel brau-
sen nicht mehr und das Edelweiß, das ist verrottet unter dem blutigen
Singsang. Und kein General sagt mehr Du zu uns vor der Schlacht. Vor
der furchtbaren Schlacht.

Wir werden nie mehr Sand in den Zähnen haben vor Angst. (Keinen
Steppensand, keinen ukrainischen und keinen aus der Cyrenaika oder
den der Normandie – und nicht den bitteren bösen Sand unserer Heimat!)
Und nie mehr das heiße tolle Gefühl in Gehirn und Gedärm vor der
Schlacht.

Nie werden wir wieder so glücklich sein, daß ein anderer neben uns ist.
Warm ist und da ist und atmet und rülpst und summt – nachts auf dem
Vormarsch. Nie werden wir wieder so zigeunerig glücklich sein über ein

Brot und fünf Gramm Tabak und über zwei Arme voll Heu. Denn wir werden nie wieder zusammen marschieren, denn jeder marschiert von nun an allein. Das ist schön. Das ist schwer. Nicht mehr den sturen knurrenden Andern bei sich zu haben – nachts, nachts beim Vormarsch. Der alles mit anhört. Der niemals was sagt. Der alles verdaut.

Und wenn nachts einer weinen muß, kann er es wieder. Dann braucht er nicht mehr zu singen – vor Angst.

Jetzt ist unser Gesang der Jazz. Der erregte hektische Jazz ist unsere Musik. Und das heiße verrückttolle Lied, durch das das Schlagzeug hinhetzt, katzig, kratzend. Und manchmal nochmal das alte sentimentale Soldatengegröl, mit dem man die Not überschrie und den Müttern absagte. Furchtbarer Männerchor aus bärtigen Lippen, in die einsamen Dämmerungen der Bunker und der Güterzüge gesungen, mundharmonikablechüberzittert:

Männlicher Männergesang – hat keiner die Kinder gehört, die sich die Angst vor den lilanen Löchern der Kanonen weggrölten?

Heldischer Männergesang – hat keiner das Schluchzen der Herzen gehört, wenn sie Juppheidi sangen, die Verdreckten, Krustigen, Bärtigen, Überlausten?

Männergesang, Soldatengegröl, sentimental und übermütig, männlich und baßkehlig, auch von den Jünglingen männlich gegrölt: Hört keiner den Schrei nach der Mutter? Den letzten Schrei des Abenteurers Mann? Den furchtbaren Schrei: Juppheidi?

Unser Juppheidi und unsere Musik sind ein Tanz über den Schlund, der uns angähnt. Und diese Musik ist der Jazz. Denn unser Herz und unser Hirn haben denselben heißkalten Rhythmus: den erregten, verrückten und hektischen, den hemmungslosen.

Und unsere Mädchen, die haben denselben hitzigen Puls in den Händen und Hüften. Und ihr Lachen ist heiser und brüchig und klarinettenhart. Und ihr Haar, das knistert wie Phosphor. Das brennt. Und ihr Herz, das geht in Synkopen, wehmütig wild. Sentimental. So sind unsere Mädchen: wie Jazz. Und so sind die Nächte, die mädchenklirrenden Nächte: wie Jazz: heiß und hektisch. Erregt.

Wer schreibt für uns eine neue Harmonielehre? Wir brauchen keine wohltemperierten Klaviere mehr. Wir selbst sind zuviel Dissonanz.

Wer macht für uns ein lilanes Geschrei? Eine lilane Erlösung? Wir brauchen keine Stilleben mehr. Unser Leben ist laut.

Wir brauchen keine Dichter mit guter Grammatik. Zu guter Grammatik fehlt uns Geduld. Wir brauchen die mit dem heißen heiser geschluchzten Gefühl. Die zu Baum Baum und zu Weib Weib sagen und ja sagen und nein sagen: laut und deutlich und dreifach und ohne Konjunktiv.

Für Semikolons haben wir keine Zeit und Harmonien machen uns weich und die Stilleben überwältigen uns: Denn lila sind nachts unsere Himmel. Und das Lila gibt keine Zeit für Grammatik, das Lila ist schrill und ununterbrochen und toll. Über den Schornsteinen, über den Dächern: die Welt: lila. Über unseren hingeworfenen Leibern die schattigen Mulden: die blaubeschneiten Augenhöhlen der Toten im Eissturm, die violettwütigen Schlünde der kalten Kanonen – und die lilane Haut unserer Mädchen am Hals und etwas unter der Brust. Lila ist nachts das Gestöhn der Verhungernden und das Gestammel der Küssenden. Und die Stadt steht so lila am nächtlich lilanen Strom.

Und die Nacht ist voll Tod: Unsere Nacht. Denn unser Schlaf ist voll Schlacht. Unsere Nacht ist im Traumtod voller Gefechtslärm. Und die nachts bei uns bleiben, die lilanen Mädchen, die wissen das und morgens sind sie noch blaß von der Not unserer Nacht. Und unser Morgen ist voller Alleinsein. Und unser Alleinsein ist dann morgens wie Glas. Zerbrechlich und kühl. Und ganz klar. Es ist das Alleinsein des Mannes. Denn wir haben unsere Mütter bei den wütenden Kanonen verloren. Nur unsere Katzen und Kühe und die Läuse und die Regenwürmer, die ertragen das große eisige Alleinsein. Vielleicht sind sie nicht so nebeneinander wie wir. Vielleicht sind sie mehr mit der Welt. Mit dieser maßlosen Welt. In der unser Herz fast erfriert.

Wovon unser Herz rast? Von der Flucht. Denn wir sind der Schlacht und den Schlünden erst gestern entkommen in heilloser Flucht. Von der furchtbaren Flucht von einem Granatloch zum andern – die mütterlichen Mulden – davon rast unser Herz noch – und noch von der Angst.

Horch hinein in den Tumult deiner Abgründe. Erschrickst du? Hörst du den Chaoschoral aus Mozartmelodien und Herms Niel-Kantaten? Hörst du Hölderlin noch? Kennst du ihn wieder, blutberauscht, kostümiert und Arm in Arm mit Baldur von Schirach? Hörst du das Landserlied? Hörst du den Jazz und den Luthergesang?

Dann versuche zu sein über deinen lilanen Abgründen. Denn der Morgen, der hinter den Grasdeichen und Teerdächern aufsteht, kommt nur aus dir selbst. Und hinter allem? Hinter allem, was du Gott, Strom und Stern, Nacht, Spiegel oder Kosmos und Hilde oder Evelyn nennst – hinter allem stehst immer du selbst. Eisig einsam. Erbärmlich. Groß. Dein Gelächter. Deine Not. Deine Frage. Deine Antwort. Hinter allem, uniformiert, nackt oder sonstwie kostümiert, schattenhaft verschwankt, in fremder fast scheuer ungeahnt grandioser Dimension: Du selbst. Deine Liebe. Deine Angst. Deine Hoffnung.

Und wenn unser Herz, dieser erbärmliche herrliche Muskel, sich selbst nicht mehr erträgt – und wenn unser Herz uns zu weich werden will in den Sentimentalitäten, denen wir ausgeliefert sind, dann werden wir laut ordinär. Alte Sau, sagen wir dann zu der, die wir am meisten lieben. Und wenn Jesus oder der Sanftmütige, der einem immer nachläuft im Traum, nachts sagt: Du, sei gut! – dann machen wir eine freche Respektlosigkeit zu unserer Konfession und fragen: Gut, Herr Jesus, warum? Wir haben mit den toten Iwans vorm Erdloch genauso gut in Gott gepennt. Und im Traum durchlöchern wir alles mit unsern M. Gs.: Die Iwans. Die Erde. Den Jesus.

Nein, unser Wörterbuch, das ist nicht schön. Aber dick. Und es stinkt. Bitter wie Pulver. Sauer wie Steppensand. Scharf wie Scheiße. Und laut wie Gefechtslärm.

Und wir prahlen uns schnodderig über unser empfindliches deutsches Rilke-Herz rüber. Über Rilke, den fremden verlorenen Bruder, der unser Herz ausspricht und der uns unerwartet zu Tränen verführt: Aber wir wollen keine Tränenozeane beschwören – wir müssen denn alle ersaufen. Wir wollen grob und proletarisch sein, Tabak und Tomaten bauen und lärmende Angst haben bis ins lilane Bett – bis in die lilanen Mädchen hinein. Denn wir lieben die lärmend laute Angabe, die unrilkesche, die uns über die Schlachtträume hinüberrettet und über die lilanen Schlünde der Nächte, der blutübergossenen Äcker, der sehnsüchtigen blutigen Mädchen.

Denn der Krieg hat uns nicht hart gemacht, glaubt doch das nicht, und nicht roh und nicht leicht. Denn wir tragen viele weltschwere wächserne Tote auf unseren mageren Schultern. Und unsere Tränen, die saßen noch niemals so lose wie nach diesen Schlachten. Und darum lieben wir das lärmende laute lila Karussell, das jazzmusikene, das über unsere Schlünde rüberorgelt, dröhnend, clownig, lila, bunt und blöde – vielleicht. Und unser Rilke-Herz – ehe der Clown kräht – haben wir es dreimal verleugnet. Und unsere Mütter weinen bitterlich. Aber sie, sie wenden sich nicht ab. Die Mütter nicht!

Und wir wollen den Müttern versprechen:

Mütter, dafür sind die Toten nicht tot: Für das marmorne Kriegerdenkmal, das der beste ortsansässige Steinmetz auf dem Marktplatz baut – von lebendigem Gras umgrünt, mit Bänken drin für Witwen und Prothesenträger. Nein, dafür nicht. Nein, dafür sind die Toten nicht tot: Daß die Überlebenden weiter in ihren guten Stuben leben und immer wieder neue und dieselben guten Stuben mit Rekrutenfotos und Hindenburgportraits. Nein, dafür nicht.

Und dafür, nein, dafür haben die Toten ihr Blut nicht in den Schnee laufen lassen, in den naßkalten Schnee ihr lebendiges mütterliches Blut: Daß dieselben Studienräte ihre Kinder nun benäseln, die schon die Väter so brav für den Krieg präparierten. (Zwischen Langemarck und Stalingrad lag nur eine Mathematikstunde.) Nein, Mütter, dafür starbt ihr nicht in jedem Krieg zehntausendmal!

Das geben wir zu: Unsere Moral hat nichts mehr mit Betten, Brüsten, Pastoren oder Unterröcken zu tun – wir können nicht mehr tun als gut sein. Aber wer will das messen, das «Gut»? Unsere Moral ist die Wahrheit. Und die Wahrheit ist neu und hart wie der Tod. Doch auch so milde, so überraschend und so gerecht. Beide sind nackt.

Sag deinem Kumpel die Wahrheit, beklau ihn im Hunger, aber sag es ihm dann. Und erzähl deinen Kindern nie von dem heiligen Krieg: Sag die Wahrheit, sag sie so rot wie sie ist: voll Blut und Mündungsfeuer und Geschrei. Beschwindel das Mädchen noch nachts, aber morgens, morgens sag dann die Wahrheit: Sag, daß du gehst und für immer. Sei gut wie der Tod. Nitschewo. Kaputt. For ever. Parti, perdu und never more.

Denn wir sind Neinsager. Aber wir sagen nicht nein aus Verzweiflung. Unser Nein ist Protest. Und wir haben keine Ruhe beim Küssen, wir Nihilisten. Denn wir müssen in das Nichts hinein wieder ein Ja bauen. Häuser müssen wir bauen in die freie Luft unseres Neins, über den Schlünden, den Trichtern und Erdlöchern und den offenen Mündern der Toten: Häuser bauen in die reingefegte Luft der Nihilisten, Häuser aus Holz und Gehirn und aus Stein und Gedanken.

Denn wir lieben diese gigantische Wüste, die Deutschland heißt. Dies Deutschland lieben wir nun. Und jetzt am meisten. Und um Deutschland wollen wir nicht sterben. Um Deutschland wollen wir leben. Über den lilanen Abgründen. Dieses bissige, bittere, brutale Leben. Wir nehmen es auf uns für diese Wüste. Für Deutschland. Wir wollen dieses Deutschland lieben wie die Christen ihren Christus: Um sein Leid.

Wir wollen diese Mütter lieben, die Bomben füllen mußten – für ihre Söhne. Wir müssen sie lieben um dieses Leid.

Und die Bräute, die nun ihren Helden im Rollstuhl spazierenfahren, ohne blinkernde Uniform – um ihr Leid.

Und die Helden, die Hölderlinhelden, für die kein Tag zu hell und keine Schlacht schlimm genug war – wir wollen sie lieben um ihren gebrochenen Stolz, um ihr umgefärbtes heimliches Nachtwächterdasein.

Und das Mädchen, das eine Kompanie im nächtlichen Park verbrauchte und die nun immer noch Scheiße sagt und von Krankenhaus zu Krankenhaus wallfahrten muß – um ihr Leid.

Und den Landser, der nun nie mehr lachen lernt –

und den, der seinen Enkeln noch erzählt von einunddreißig Toten nachts vor seinem, vor Opas M. G. –

sie alle, die Angst haben und Not und Demut: Die wollen wir lieben in all ihrer Erbärmlichkeit. Die wollen wir lieben wie die Christen ihren Christus: Um ihr Leid. Denn sie sind Deutschland. Und dieses Deutschland sind wir doch selbst. Und dieses Deutschland müssen wir doch wieder bauen im Nichts, über Abgründen: Aus unserer Not, mit unserer Liebe. Denn wir lieben dieses Deutschland doch. Wie wir die Städte lieben um ihren Schutt – so wollen wir die Herzen um die Asche ihres Leides lieben. Um ihren verbrannten Stolz, um ihr verkohltes Heldenkostüm, um ihren versengten Glauben, um ihr zertrümmertes Vertrauen, um ihre ruinierte Liebe. Vor allem müssen wir die Mütter lieben, ob sie nun achtzehn oder achtundsechzig sind – denn die Mütter sollen uns die Kraft geben für dies Deutschland im Schutt.

Unser Manifest ist die Liebe. Wir wollen die Steine in den Städten lieben, unsere Steine, die die Sonne noch wärmt, wieder wärmt nach der Schlacht –

Und wir wollen den großen Uuh-Wind wieder lieben, unseren Wind, der immer noch singt in den Wäldern. Und der auch die gestürzten Balken besingt –

Und die gelbwarmen Fenster mit den Rilkegedichten dahinter –

Und die rattigen Keller mit den lilagehungerten Kindern darin –

Und die Hütten aus Pappe und Holz, in denen die Menschen noch essen, unsere Menschen, und noch schlafen. Und manchmal noch singen. Und manchmal und manchmal noch lachen –

Denn das ist Deutschland. Und das wollen wir lieben, wir, mit verrostetem Helm und verlorenem Herzen hier auf der Welt.

Doch, doch: Wir wollen in dieser wahn-witzigen Welt noch wieder, immer wieder lieben!

NACHWORT

Die Stimme Wolfgang Borcherts

Diese Auswahl, die nun um den Preis eines einzigen Kinobesuchs zu haben ist, ist für diejenigen bestimmt, die jetzt so alt sein mögen, wie Wolfgang Borchert war, als er zum ersten Mal im Militär-Gefängnis saß: die Briefe des zwanzigjährigen Soldaten Wolfgang Borchert waren als staatsgefährdend erkannt, Borchert war zum Tode verurteilt worden, und man ließ den Verurteilten sechs Wochen in der Zelle warten, ehe man ihn begnadigte. Zwanzig Jahre alt sein, sechs Wochen lang in einer Zelle hocken und wissen, daß man sterben soll, sterben einiger Briefe wegen, in denen man seine Meinung über Hitler und den Krieg geschrieben hatte! Die Zwanzigjährigen, die dieses kleine Buch in die Hand nehmen, mögen daran erkennen, wie kostspielig die eigene Meinung sein kann, wie hoch der Preis, den man dafür ansetzen muß.

Wolfgang Borchert wurde begnadigt, aber Begnadigung war in solchen Fällen nur einer jener Zufälle, die zu den Grausamkeiten der Diktatur gehören. Die Geschwister Scholl wurden nicht begnadigt, obwohl auch sie Zwanzigjährige waren. Später wurde der vierundzwanzigjährige Borchert noch einmal für neun Monate eingesperrt, einiger Witze wegen, die er erzählt hatte: die Briefe eines Zwanzigjährigen, die Witze eines Vierundzwanzigjährigen zu rächen, mußte der ganze verlogene Rechtsapparat in Bewegung gesetzt werden. So empfindlich sind die totalen Staaten: eine einzige Nadel, in eine Generalstabskarte gesteckt, bedeutete zehntausend Menschenleben, deren «Einsatz» man für notwendig hielt – sie aber, die Staaten, vertragen die Nadelstiche der Freiheit nicht: ihre Antwort ist Mord.

Wolfgang Borchert war achtzehn Jahre alt, als der Krieg ausbrach, vierundzwanzig, als er zu Ende war. Krieg und Kerker hatten seine Gesundheit zerstört, das Übrige tat die Hungersnot der Nachkriegsjahre, er starb am 20. November 1947, sechsundzwanzig Jahre alt. Zwei Jahre blieben ihm zum Schreiben, und er schrieb in diesen beiden Jahren, wie jemand im Wettlauf mit dem Tode schreibt; Wolfgang Borchert hatte keine Zeit, und er wußte es. Er zählt zu den Opfern des Krieges, es war ihm über die Schwelle des Krieges hinaus nur eine kurze Frist gegeben, um den Überlebenden, die sich mit der Patina geschichtlicher Wohlgefälligkeit umkleideten, zu sagen, was die Toten des Krieges, zu denen er gehört, nicht mehr sagen konnten: daß ihre Trägheit, ihre Gelassenheit, ihre Weisheit, daß alle ihre glatten Worte die schlimmsten ihrer Lügen sind. Das törichte Pathos der Fahnen, das Geknalle der Salutschüsse und der fade Heroismus der Trauermärsche – das alles ist so gleichgültig für die Toten. Fahnen, Schüsse übers Grab, Musik – dies Pathos mag berechtigt sein für jene, die sich als Einzelne freiwillig einer Freiheit opferten, für Aufrührer, denen die Geschichte so gerne ihre Torheit bescheinigt. Uns sollten Fahne, Schüsse und Musik nicht darüber hinwegtäuschen, daß unsere Brüder gestorben sind. Die Geschichte mag feststellen, daß bei X eine gewonnene, bei Y eine verlorene Schlacht geschlagen wurde, gewonnen für A oder verloren für B. Die Wahrheit des Dichters, Borcherts Wahrheit ist, daß beide Schlachten, die gewonnene und die verlorene, Gemetzel waren, daß für die Toten die Blumen nicht mehr blühen, kein Brot mehr für sie gebacken wird, der Wind nicht mehr für sie weht; daß ihre Kinder Waisen, ihre Frauen Witwen sind und Eltern um ihre Söhne trauern.

In der Memoirenliteratur begegnet uns so oft die humane Gelassenheit, das müde Achselzucken des Pilatus, der seine Hände in Unschuld wäscht.

Der Dialog Beckmanns mit dem anonymen Obersten in «Draußen vor der Tür», wenige Seiten dieses kleinen Buches allein, dürfte mehr wiegen als jene humane Gelassenheit, als das müde Achselzucken des Pilatus, den man zum Schutzpatron der Memoirenschreiber ernennen sollte. In diesem Dialog wird Rechenschaft gefordert, Rechenschaft nur für elf, elf Väter, Söhne, Brüder, elf von vielen Millionen – aber Beckmann bekommt keine Antwort, die Last bleibt auf ihm, und er wird in die Geschichte verwiesen, in den kühlen Raum der Gelassenheit, wo die Blumen, die die Toten nicht mehr sehen, das Brot, das sie nicht mehr essen, keine Bedeutung hat. Stalingrad, Thermopylä, Dien-Bien-Phu – ein Ortsname bleibt und ein wenig Pathos, an dem sich die Überlebenden betrinken wie an schlechtem Wein.

Den Zwanzigjährigen, für die diese Auswahl bestimmt ist, mag ins Gedächtnis gerufen sein die Aufschrift, die auf den blutroten Waggons der Reichsbahn zu lesen war: 6 Pferde oder 40 Mann: das ist die Transportkategorie der Kriege. Diese Aufschrift wäre ein Titel für eine Geschichte von Wolfgang Borchert gewesen. Die Eisenbahnwaggons sind noch dieselben, sie haben einen neuen Anstrich in anderer Farbe erhalten – aber es bedarf nur einiger Tonnen weißer Farbe, einiger Schablonen, um wieder einmal darüber zu malen: 6 Pferde oder 40 Mann – Soldaten die sinnlos geopfert, Juden die ermordet werden sollen, und als Rückfracht, damit kein Transportleerlauf entsteht, Sklaven für die Fabriken: Männer, Frauen, Kinder irgendeines Volkes, das man geschwinde zu einem Untermenschen-Volk erklärt.

Es ist viel vom «Aufschrei Wolfgang Borcherts» geschrieben und gesagt worden, und die Bezeichnung «Aufschrei» wurde mit Gelassenheit geprägt. Gelassene Menschen ihrerseits schreien nicht – die Propheten der Müdigkeit werden nicht einmal von der Bitterkeit des Todes gerührt.

Aber Kinder schreien, und es tönt in die Gelassenheit der Weltgeschichte hinein der Todesschrei Jesu Christi –

Die Dichter, auch wenn sie sich scheinbar in der Unverbindlichkeit ästhetischer Räume bewegen – kennen den Punkt, wo die größte Reibung zwischen dem Einzelnen und der Geschichte stattfindet, sie können – wie es in einem Vers von Günter Eich heißt – «nicht gelassen sein». Sie sind immer betroffen, und niemand nimmt ihnen die Last ab, die auch die Last des jungen Borchert war, diese Betroffenheit in einer Form auszudrücken, die wie Gelassenheit erscheinen mag. Zwischen dieser Betroffenheit und der Gelassenheit der Darstellung liegt der Punkt, wo der Dichter seine größte Reibung zwischen Stoff und Form erlebt. Borcherts Erzählung «Brot» mag als Beispiel dienen: sie ist Dokument, Protokoll des Augenzeugen einer Hungersnot, zugleich aber ist sie eine meisterhafte Erzählung, kühl und knapp, kein Wort zu wenig, kein Wort zuviel, – sie läßt uns ahnen, wozu Borchert fähig gewesen wäre: diese kleine Erzählung wiegt viele gescheite Kommentare über die Hungersnot der Nachkriegsjahre auf, und sie ist mehr noch als das: ein Musterbeispiel für die Gattung Kurzgeschichte, die nicht mit novellistischen Höhepunkten und der Erläuterung moralischer Wahrheiten erzählt, sondern erzählt, indem sie darstellt. An ihr, an der Erzählung «Brot» läßt sich auch der Unterschied zwischen Dichtung und der so mißverstandenen Gattung Reportage erklären: der Anlaß der Reportage ist immer ein aktueller, eine Hungersnot, eine Überschwemmung, ein Streik – so wie der Anlaß einer Röntgenaufnahme immer ein aktueller ist: ein gebrochenes Bein, eine ausgerenkte Schulter. Das Röntgenfoto aber zeigt nicht nur die Stelle, wo das Bein gebrochen, wo die Schulter ausgerenkt war, es zeigt immer *zugleich* die Lichtpause des Todes, es zeigt den fotografierten Menschen in seinem Gebein, großartig und erschreckend. Wo das Röntgenauge eines Dichters durch das Aktuelle dringt, sieht es den ganzen Menschen, großartig und erschreckend – wie er in Borcherts Erzählung «Brot» zu sehen ist. Die «Helden» dieser Geschichte sind recht alltäglich: ein altes Ehepaar, neununddreißig Jahre miteinander verheiratet. Und der «Streitwert» in dieser Geschichte ist gering (und doch so gewaltig, wie ihn die Augenzeugen der Hungersnot noch in Erinnerung haben mögen): eine Scheibe Brot. Die Erzählung ist kurz und kühl. Und doch ist das ganze Elend und die ganze Größe des Menschen mit aufgenommen – wie hinter dem gebrochenen Nasenbein auf der Röntgenaufnahme der Totenschädel des Verletzten zu sehen ist. Die Erzählung «Brot» ist Dokument und Literatur, in ähnlicher Weise wie die Prosa, die Jonathan Swift über den Hunger des irischen Volkes schrieb.

Diese kleine Erzählung und der Dialog Beckmanns mit dem Obersten allein weisen Borchert als einen Dichter aus, der unvergeßlich macht, was die Geschichte so gern vergißt: Die Reibung, die der Einzelne zu ertragen hat, indem er Geschichte macht und sie erlebt. Ein Strich über eine

Generalstabskarte, das ist ein marschierendes Regiment; eine Stecknadel mit rotem, grünem, blauem oder gelbem Kopf ist eine kämpfende Division: man beugt sich über Karten, steckt Fähnchen, Nadeln, errechnet Koordinaten. Und das Maß aller dieser Operationen stand auf den blutroten Waggons der Reichsbahn zu lesen: 6 Pferde oder 40 Mann.

Für den Einzelnen jedoch hat es nie taktische Zeichen gegeben: ein alter Mann, der sich heimlich in der Nacht eine Scheibe Brot abschneidet – seine Frau, die ihm ihre Scheibe Brot schenkt. Elf Gefallene: Männer und Brüder, Söhne, Väter und Gatten – die Geschichte geht achselzuckend darüber hinweg, Pilatus wäscht seine Hände in Unschuld. Ein Name in den Büchern, «Stalingrad» oder «Versorgungskrise» – Wörter, hinter denen die Einzelnen verschwinden. Sie ruhen nur im Gedächtnis des Dichters, im Gedächtnis Wolfgang Borcherts, der nicht gelassen sein konnte.

6. August 1955   *Heinrich Böll*

INHALT

Draußen vor der Tür / 5

Stimmen sind da in der Luft – in der Nacht / 55

An diesem Dienstag / 58

Mein bleicher Bruder / 61

Nachts schlafen die Ratten doch / 63

Die lange lange Straße lang / 65

Lesebuchgeschichten / 81

Die Hundeblume / 83

Schischyphusch / 94

Die Küchenuhr / 103

Das Brot / 105

Die drei dunklen Könige / 106

Generation ohne Abschied / 108

Dann gibt es nur eins! / 110

Das ist unser Manifest / 112

Nachwort / 118